JN126929

歌の魅力の源泉を汲む

―わが意中の歌人たち―

高野公彦

目次

Ⅰ部

Ⅱ部

Ⅲ部

歌の魅力の源泉を汲む

――わが意中の歌人たち――

I部

子規の自然観と趣向

正岡子規はどんな植物が好きだつたのだらうか。まづ思ひ浮かぶのは糸瓜である。明治三十五年九月十九日の午前一時ごろ、誰も見守る人のゐない時間に子規は蚊帳の中でひつそりと息絶えるが、その前日、次の句を残してゐる。

糸瓜咲て痰のつまりし仏かな
痰一斗糸瓜の水も間にあはず
をとゝひのへちまの水も取らざりき

一句目は、糸瓜の花が咲いて、喉に痰を詰まらせた「仏」がここにゐる、の意。臨死自画像とでもいふべき句である。九月十八日といへば糸瓜の花は既に終つてゐる筈だから、これは仏（自分）への手向けの花として、虚像の花を思ひ描いたのだらう。いはば異時同図の手法である。

二句目と三句目にある「糸瓜の水」は、ふつう化粧水として用ゐるが、ここでは咳止めの薬であらう。「をとゝひ」は九月十六日、すなはち旧暦八月十五日にあたり、この日糸瓜の水を取るのがよいとされた。

〈糸瓜の花〉〈糸瓜の水〉のイメージに囲まれながら死んでゆくといふ、これらの絶詠三句にはむろん悲哀感が漂つてゐる。〈痰がつまる〉〈間に合はない〉〈取らなかつた〉といつた否定的言葉遣ひが、子規の内面のもどかしさを伝へる。しかし一方、これらの句は暗澹とした印象よりも、むしろ仄かに明るいといふか、どこか剽げたところがあり、近づく死を受容しようとする諦念のやうなものさへ感じられる。死に臨んで、平俗な糸瓜を詠んだのがいかにも子規らしい。たとへば清楚な桔梗の花などを詠んだら、かなり趣きの異なる絶詠となつただらう。

子規庵の庭にはたくさんの植物が植ゑられてゐた。病室の前には糸瓜棚があつた。最晩年の『仰臥漫録』を見ると、糸瓜をはじめ、夕顔・女郎花・鶏頭・秋海棠・朝顔・夜会草などのスケッチが挿入されてゐる。また「草花帖」と題した画帖には、金蓮花・日々草・翠菊・撫子・石竹・美人蕉などが描かれてゐる。ほかにも折に触れて、鉢植南瓜・牡丹・あづま菊・芍薬などの絵を描いてゐる。

子規は絵が好きだつた。そして、上手だつた。むろんプロの画家ではないが、単なる素人芸でもない。悪上手といふやうな嫌味がなくて、見る者を惹き付ける素朴な魅力がある。若いころの絵はさらさらと描いた水墨画ふうのものが多いが、しだいに写実性を増してゆく。明治三十三年、漱石あての書簡に見えるあづま菊の絵などは、かなり細密に描かれてゐる。

子規は身辺のもの、たとへば果物や人形、食べ物や玩具、その他いろいろな物を描いてゐるが、やはり草花がいちばん多い。『病牀六尺』にかう記してゐる。

「余は幼き時より画を好みしかど、人物画よりも寧ろ花鳥を好み、複雑なる画よりも寧ろ簡単なる画を好めり。今に至つて尚其傾向を変ぜず、其故に画帳を見てもお姫様一人書きたるよりは椿一輪書きたるかた興深く、張飛の蛇茅(じやばう)を携へたらんよりは柳に鶯のとまりたらんかた快く感ぜられる。」

ところで子規は、草花を含めてどんな自然の景物を好んだのか、『筆まかせ』第三巻(明治二十三年)の中に「書斎及び庭園設計」と題した興味深い文章がある。当時子規は二十三歳、まだ学生であつたが、この中で卒業後の夢を語つてゐる。長文なので途中省略しながら引用しよう(読みやすいやうに適宜、送り仮名や句読点を補つた)。

「(学校を卒業したあとの楽しみは)我が心に一応の満足を与ふべき書斎と庭園とをつくることを得ば、それにて十分なり。その設計を左にかかぐ。」

そして自筆の設計図が掲げられてゐる。書斎が二つ並び、書斎の南面から東面にかけて庭が広がつてゐる。ずいぶん広い庭である。庭には小川が流れ、橋が架かつてゐる。ほかに池や築山(つきやま)が庭に配せられてゐる(図面は省略)。

「建築地及び庭園の坪数は広くて差支(さしつかへ)はなけれども、狭くてもよろし。(中略)書斎は西洋風、日本風の二つに分つ。」

「南方の庭には一すぢの小川ありて、書斎の椽(えん)より川に至るまでの間は快豁(くわいくわつ)にして秀麗なるを主とす。故に芝をしきて処々に、すみれ、蓮花草、つくしなどの春草を点綴(てんてつ)すべし。」

「(書斎から小川へ通じる道には)竹をあらく編みたる菱がたの垣をしつらへ、同じ戸を中ほどに半ば開きて一面に朝顔をすがりつかしむ。(川べりには)小さき躑躅など少し植ゑたるもよし。川の幅は余り広きを要せず、もし半間位の小川ならば、めだか、鮠子(はや)などむれをなすのみにて十分なり。」

子規の抱く夢はなかなか贅沢である。「川の西端のあたりには両岸に梅樹数株を植ゑ、その横に一株の野桃など立ちたるもよし」といふ。小川に架ける橋は「八ツ橋に擬し、橋下には杜若(かきつばた)を植ゑたるも面白し」といふ。伊勢物語の雰囲気を庭園に持ち込まうといふ気持である。また、川の東端にも、もう一つの橋を架ける。

「川の向ひには小さき仮山をきづき、これに松と楓をまじへうゑて嵐山に擬し、小川を桂川とし、橋を渡月橋と見るの趣向なり。」

こんな調子で子規はつぎつぎと自分の願望を語り、それを図面であらはしてゐる。よほどの金持でなければ実現できない机上の空想であるが、子規はおかまひなしに夢を展開し、設計図を書く。まことに稚気愛すべき青年である。

この文章に登場する植物は、右の「すみれ、れんげ草、つくし、躑躅、梅、野桃、杜若、松、楓」のほかに、以下「河骨、桔梗、萩、女郎花、薄、撫子、山吹、紫木蓮、海棠、姫松、山茶花、南天、松葉牡丹、芍薬」などの名前が出てきて、じつに多種多様である。だいたいどれも、昔から和歌に詠まれてきた草木であり、洋風の花は登場しない。子規の好みは、野趣ある草木への志向が強いが、杜若など雅趣あるものも混じつてゐる。景観としては京都をイメージしてゐるやうで、青年子規はまだ王朝文化から切り離されてゐないことが分かる。ふしぎなことに桜は出てこない。

このころ子規は実際にどんな歌を作つてゐたか。『竹乃里歌』の明治二十三年のところを見よう。

葦間鶴

親やしたふ子やしたふらん和哥の浦の葦間がくれにたづぞなくなる

春の野遊び

くさぐさの花さきにけり春の野はいづこをふみて人の行くらん

両国納涼

たえまなくむらがる星のさま見れば天の河原に我はきにけり

溜息が出るほど古めかしく、どれも古今集まがひの古めかしい歌である。ここにゐるのは歌人子規ではなく、和歌の好きな一人の書生に過ぎない。ただし、子規を責めることはできないだろう。初心のころは誰でも前時代の作品の模倣から始まるのである。このころはまだ和歌の時代だつた。のちに旧派和歌と呼ばれる古い類型的な歌が氾濫してゐた。和歌が短歌として新生するのは、これから十年ほど後のことであり、その革新運動を担つたのが他ならぬ子規自身だつたのである。

上京紀行

松山の小町もあとになり平やきせんにのらん風に大伴

平穏と祈りしかひもあら海や金毘羅様へあげし小間物

便たづね乗りて野暮流(ノボル)や丈鬼船まゝ吐き出して泣いた正岡

これらも明治二十三年の作。掛詞を用ゐた戯(ざ)れ歌が並んでゐる。一首目は、松山から汽船に乗つて東京を目指すといふ歌で、小野小町・業平・喜撰法師・大伴黒主の名を詠み込んでゐる。二首目は、船旅の平穏を金毘羅様に祈つたかひもなく、小間物（反吐）を吐いたといふ歌。三首目は、「船便をたづねて、のぼる（上京する）蒸気船の中で飯を吐いて泣いた正岡」の意。子規は幼名常規(つねのり)、のち升(のぼる)といつた。「便たづね乗りて」の箇所に、「つねのり」が隠されてゐる。隠し題といふ技法である。「野暮流」は、むろん「升」と「上る」の掛詞。

子規はまだこんなふうに暢気に擬古的な遊びをしてゐたのであるが、後年たとへば「久方のアメリカ人のはじめにしベースボールは見れど飽かぬかも」（明治三十一年）のやうな言葉遊びの名歌を生み出す素地は、すでに青年時代からあつたのである。

子規が歌人として自己を確立したのは、明治三十一年以降である。その年の作品を二つ挙げてみよう。

枯草に霜置く庭の薄月夜音ばかりしてふる霰かな

椽先に玉巻く芭蕉玉解けて五尺の緑手水鉢を掩ふ

一首目はよくまとまつた歌であるが、まだ類型感があり、王朝和歌の領域を完全に脱出してゐない。

二首目は新緑の芭蕉の葉が手水鉢を掩ふといふ印象あざやかな写実の歌で、いはゆる旧派和歌にはなかつた作品世界である。このころから子規の作品が和歌から短歌へ変貌してゆく。

子規の成長・変貌の契機となつた出来事の一つに、画家中村不折(ふせつ)との出会ひが挙げられる。明治二十七年、新聞「小日本」の編集に従事してゐた子規は、新聞小説の挿絵を描く画家を探してゐた。そして浅井忠の紹介で不折に会つた。子規は『墨汁一滴』の中で、不折が機転のきく優れた画家であることを褒めたあと、次のやうに述べる。

「されどなほ余は不折君に対して満たざる所あり、そは不折君が西洋画家なる事なり。当時余は頑固なる日本画崇拝者の一人にして、まさかに不折君がかける新聞の挿画をまでも排斥するほどにはあらざりしも、油画につきては絶対に反対しその没趣味なるを主張してやまざりき。故に不折君に逢ふごとにその画談を聴きながら時に弁難攻撃をこころみ、そのたびごとに発明する事少からず。遂には君の説く所を以て今まで自分の専攻したる俳句の上に比較してその一致を見るに及んでいよいよ悟る所多く、半年を経過したる後はやや画を観るの眼を具(そな)へたりと自(みづか)ら思ふほどになりぬ。」（明治三十四年六月二十六日）

右の「発明」は、物事の正しい道理を知ること。子規は、相手の言ふことが正しければ素直に聞き入れた。さういふ面が伝はつてくる文章であるが、具体的に不折から何を学んだのか、それは語られてゐない。

推測すれば、日本画は画面に何らかの趣向が施されてゐるのが大事で、細部のリアルさは必要であつても、作品そのものはリアリズムを目指してゐない。一方、そのころの西洋画は趣向よりも画面全体のリアルさを重視する。それが子規には不満だつた。不折に向つて、「往々粗末なる杜撰なる陳腐なる拙劣なる無趣味なる画を成すことあり」と批判してゐるが、その「無趣味」とは趣向の欠如を言ふのである。右の文中に「没趣味」とあるのも、同じ意味である。

明治九年、イタリアの風景画家フォンタネージが日本政府の招きで来日し、美術学校で初めて西洋画の手法を教授した。門下から浅井忠や小山正太郎らが輩出した。フォンタネージは「デッサンから油絵へ、部分の習作から完成作へと進む遣り方」を教へた。

「もともとフォンタネージは、豊かな抒情的資質に恵まれた風景画家であったが、日本の弟子たちは、その画面に、微妙な明暗の変化と均整のとれた構図によって自然を再現する写実主義の熟達した表現技術を見て取ったのである。」（高階秀爾著『十九・二十世紀の美術』より）

このイタリア人画家の写実主義が浅井忠を経て、浅井の弟子中村不折に伝はり、それが子規を動かしたのだ。子規は不折に反発しながら徐々に写実主義に近づいていつた。明治三十一年の作をもう一首挙げよう。

寐静まる里のともしび皆消えて天の川白し竹藪の上に

まだ「里のともしび」といふ箇所に和歌の雰囲気がかすかに残つてゐるが、全体的に写実の意識が強くなつてゐる。古今調からは完全に脱して、中世の玉葉集・風雅集あたりに近い。和歌における写実主義は、じつは玉葉・風雅のころに芽生えてゐたのである。ただ、明治期の全ての歌人がさうであつたやうに、子規も玉葉・風雅といふ優れた勅撰集の存在に無関心であつた。この明治三十一年、子規はぢりぢりと古典和歌から近代短歌への道を歩んでゐたが、それは主として、不折を通して西洋画の写実重視の表現理念を知つたからであつた。

明治三十三年の作を挙げよう。

冬ごもる病の床のガラス戸の曇りぬぐへば足袋干せる見ゆ

ガラス戸は当時まだ新しく、高価なものであつた。子規の病室はすべて障子戸であつた。これは虚子がガラス戸を贈つてくれたので、庭の見える南面の障子をガラス戸に換へたのである。子規は病床からそのまま外の風景が見えるので非常に喜んだ。この歌は、温気でいつたん曇つて見えなくなつた庭が、また見えるやうになつて、足袋を干してあるのまでよく見える、と詠んでゐる。嬉しい気持は直接言はず、ただ事実をうたふ。見える物を見えるやうに表現する、といふ意識が歌をつらぬいてゐる。趣向にこだはつてゐた子規が、自分からそれを棄ててゐる。まさにこれは写実主義の作品である。

和歌を近代化したのは、正岡子規と与謝野鉄幹であつた。二人は同じころそれぞれ異なる方法で歌を蘇生させた。前者は写実主義によつて、また後者は浪漫主義によつて、である。一人は、見える物を見えるやうにうたひ、一人は思ふことを思ふやうにうたつた。明治三十年代、この二人の活躍で歌は和歌から短歌へ変貌してゆくのであるが、その点についてはこれ以上深入りしない。

月並といふ批評用語がある。発想の陳腐な作品に対して用ゐられる。創意性がなく、型に嵌まつてゐるといふことである。子規は『墨汁一滴』の中で一般の俳人たちに対して面白いことを言つてゐる。「自分の俳句が月並調に落ちて居ぬかと自分で疑はるるが何としてよきものかと問ふ人あり。答へていふ、月並調に落ちんとするならば月並調に落つるがよし、月並調を恐るるといふは善く月並調を知らぬ故なり、月並調は監獄の如く恐るべきものに非ず、一度その中に這入つて善くその内部を研究し而して後に娑婆に出でなば再び陥る憂なかるべし。」

子規は、膨大な読書量によつて月並の句を知つた。そのあと自分自身が月並から脱却した。あなた方もさうしなさい、と迷へる俳人たちにすすめてゐるのである。

＊

松の葉の葉毎に結ぶ白露の置きてはこぼれこぼれては置く

明治三十三年の作。いくらか美意識がおもてに出てゐるやうな気配もあるが、しかしこれも堂々たる写実の歌である。この歌に関して『墨汁一滴』にかう記されてゐる。

《ある人に向ひて短歌の趣向材料などにつきて話すついでにいふ、「松葉の露」といふ趣向と「桜花の露」といふ趣向とを同じやうに見られたるは口惜し。余が去夏松葉の露の歌十首をものしたるは古人の見つけざりし場所、あるいは見つけても歌化せざりし場所を見つけ得たる者として誇りしなり。》

子規は、「花と露」といふ月並の趣向を排斥する。ただし「松葉と露」のやうな新味のある趣向ならばよし、といふ柔軟な考へなのだ。趣向といっても、右の松葉の歌は「五月廿一日朝雨中庭前の松を見て作る」といふ前書があり、実景を詠んだものである。初めに趣向があつたのではなく、初めに物があつた、といふことが大切である。子規は、趣向によつて眼を曇らされることなく、自然を直視する歌人となつてゐるのである。

右は『墨汁一滴』の明治三十四年四月二十六日の記事であるが、二日後の二十八日は次のやうに歌物語ふうな文体で書かれてゐる。

《夕餉したため了りて仰向に寝ながら左の方を見れば机の上に藤を活けたるいとよく水をあげて花は今を盛りの有様なり。艶(えん)にもうつくしきかなとひとりごちつつそぞろに物語の昔などしのばるるにつけてあやしくも歌心なん催されける。この道には日頃うとくなりまさりたればおぼつかなくも筆を取りて

瓶(かめ)にさす藤の花ぶさみじかければたゝみの上にとゞかざりけり

瓶にさす藤の花ぶさ一ふさはかさねし書(ふみ)の上に垂れたり

藤なみの花をし見れば奈良のみかど京のみかどの昔こひしも

藤なみの花をし見れば紫の絵の具取り出で写さんと思ふ

(中略)

おだやかならぬふしもありがちながら病のひまの筆のすさみは日頃稀(まれ)なる心やりなりけり。をかしき春の一夜や。》

詞書にある「物語の昔などしのばるる」は、藤の花を見ると物語がさかんに書かれ読まれた平安時代が偲ばれる、の意だらう。第三首にも、奈良朝・平安朝へ追慕の念が表現されてゐる。

それにしても第一首はふしぎな歌である。藤の花房が短いので、畳の上に届かない、といふのは余りにも当たり前すぎて、拍子抜けしてしまふ。これは「物語の昔」に詠まれた藤を意識しながら、眼前の藤の花ぶさの短さを言つてゐるのではなかろうか。伊勢物語の百一段に次のやうな話がある。

「むかし、左兵衛の督（かみ）なりける在原の行平といふありけり。その人の家によき酒ありときゝて、うへにありける左中弁藤原の良近（まさちか）といふをなむ、まらうどざねにて、その日はあるじまうけしたりける。なさけある人にて、瓶（かめ）に花をさせり。その花の中に、あやしき藤の花ありけり。花のしなひ、三尺六寸ばかりなむありける。それを題にて詠む。」

行平の家にいい酒があつたので、ゲストとして殿上人の良近を招き、宴会をした。その宴席に行平が見事な藤の花を飾つてゐた。長さ三尺六寸。それを題にして歌を詠んだ。

いかにも華やかな貴族の宴会の様子が描かれてゐる。子規はその場面を思ひ浮かべながら、眼前の藤の花房の〈短さ〉を表現したのだらう。貴族の宴席に飾られた房の長い豪華な藤と、いま病床から見上げる房の短い普通の藤。そんな対比が子規の心にあつて、「たゝみの上にとゞかざりけり」といふ表現が生まれた。子規の頭に浮かんでゐた「物語」が伊勢物語であるかどうかは分からないが、かつて子規は庭園設計図の中に伊勢物語の「八ツ橋、杜若」の趣向を入れようとしてゐたぐらゐだから、私の見方はあながち荒唐無稽でもないだらう。

真砂ナス数ナキ星ノ其中ニ吾ニ向ヒテ光ル星アリ

タラチネノ母ガナリタル母星ノ子ヲ思フ光吾ヲ照セリ

こんな歌もある（明治三十三年作）。子規は写実を旨として自然をうたつたが、写実一点張りではない。月並にならないやうに注意を払ひつつ、自由に空想を楽しんでゐる。むしろ新しい趣向を求め続けてゐた歌人だといへるかもしれない。

牧水の魅力を読む

愛誦性について

街を歩いてゐる人たちに、あなたの知つてゐる歌人の名をあげてください、といきなり質問したら、どんな答へが返つてくるだらうか。普通の人たちは、遠い昔の教科書を思ひ出すやうな、やや自信のない顔つきで、「ヨサノアキコ」とか「イシカワタクボク」とか「ワカヤマボクスイ」とか答へさうな気がする。あるいは「タワラマチ」と言ふ人もゐるに違ひない。ではどんな短歌を覚えてゐますか、と質問したらどうか。なかなか正確に一首言へる人は少ないだらうが、たぶん人々の口からいちばん多く出てくるのは若山牧水の歌ではないかと思ふ。たとへば、

白鳥(しらとり)は哀しからずや空の青海のあをにも染まずただよふ

などである。とにかく牧水は今も、日本人のあひだで広く知られてゐるポピュラーな歌人であることは間違ひない。

昨年、私が若山牧水賞に決まつたといふ記事が新聞に載つたとき、勤め先（青山学院女子短大）の教職員の人たちは、「牧水賞とは、凄いですね」と言つたり、また「歌人のことはよく分からないけれど、牧水なら知つてゐます。おめでたうございます」と言つてくれたりした。一般の人のほとんどは、短歌と和歌の違ひを知らないし、また短歌を一句と数へたりする。つまり短歌についての知識は、曖昧（あいまい）でオボロなのだ。それは仕方のないことである。しかしさういふ人たちでも、若山牧水の名はちやんと知つてゐる。だから、頭の中で何となく《牧水は偉い歌人だ。その牧水賞なら、凄い賞に違ひない》といふ思考がはたらくのだらう。

さて牧水は、なぜ日本人にながく親しまれて来たのだらうか。よく言はれるやうに、牧水の歌にはゆたかな愛誦性がある。覚えやすく口ずさみやすいのだ。

①分かりやすい。②内容が感傷的。③快いリズムがある。

私はこれが、愛誦性を生む三要素だと考へてゐる。一般人が牧水の歌に魅力を感じたり、いつのまにか覚えたりするのは、この三つが牧水の歌にたつぷり含まれてゐるからだらう。右の一首もさうだが、ほかに愛誦歌と思はれるものを幾つかあげてみる。

幾山河越えさり行かば寂しさの終（は）てなむ国ぞ今日も旅ゆく
海底（うなぞこ）に眼のなき魚の棲むといふ眼の無き魚の恋しかりけり
白玉の歯にしみとほる秋の夜の酒はしづかに飲むべかりけり

分かりやすさ。これについては説明の必要がないだらう。一読してわかることが愛誦歌の前提条件である。

感傷的といふのは、ロマンチックでちよつぴり物哀しさを含んでゐるといつた感じを言ふ。人は誰でも、老若男女を問はず、またどんな立場にあつても、心の中に感傷的な気分を抱きながら生きてゐるはずである。それが歌の中に詠み込まれてゐれば、すなはち人は心を動かされるのである。感傷性のある歌は、現代ではむしろ好ましくないと考へられる傾向があるし、また、程度の低い感傷的短歌が多いことも事実だが、しかし感傷性そのものは歌の魅力であり大切なものだと私は思ふ。

快いリズム。これも愛誦歌の必要条件である。今まであげた数首だけでも、十分に牧水の歌の素晴らしいリズム感が理解されるだらうが、もう一首あげておかう。

吾木香（われもこう）すすきかるかや秋くさのさびしききはみ君におくらむ

これなどは、まさにリズム感のよさが歌の魅力の大きな部分を占めてゐる例である。

愛誦歌の三要素、と私は書いたが、じつはそれは短歌そのものに欠かせない最も大事な要素なのである。しかもこの三要素は現代短歌で忘られがちになつてゐる。私たちは、牧水の歌を思ひ出しながら《現代の歌》を作る必要があるだらう。

酒のうた、酒断ちの歌

牧水といへば、酒の歌である。牧水は酒をよく飲み、よく酒の歌を詠んだ。しかも魅力的なすぐれた歌が多い。全部で三百首ほど酒の歌があるらしいが、これは凄い数である。酒の歌だけで一冊の歌集が編めるわけだ。

前に「白玉の歯にしみとほる秋の夜の酒はしづかに飲むべかりけり」の一首を引いたが、それ以外の酒の歌を見てゆかう。

　ちんちろり男ばかりの酒の夜をあれちんちろり鳴きいづるかな

女つけのない酒の席は殺風景で寂しいけれど、ほら松虫がチンチロリときれいな声で鳴いてゐるぢやないか、この声を肴(さかな)にして飲まう、と言つてゐるやうな歌である。那智の青岸渡寺での作。

　とろとろと琥珀の清水津の国の銘酒白鶴瓶(へい)あふれ出(づ)る

灘の銘酒「白鶴」の琥珀いろの清水が酒瓶からあふれ出るのを、固唾(かたづ)をのんで見守つてゐる。牧水の喉がごくりと鳴るのが聞こえてきさうな歌である。

　たぽたぽと樽に満ちたる酒は鳴るさびしき心うちつれて鳴る

ぬぐひがたい寂しさを抱いてゐる牧水に向かつて、慰めるかのやうに、また誘惑するかのやうに樽の中で酒が揺れて鳴つてゐる。当時の心境は、「死にがたしわれみづからのこの生命(いのち)食み残し居りまだ死に難し」などの歌でうかがひ知られる。

かんがへて飲みはじめたる一合の二合の酒の夏のゆふぐれ

なにか考へ事をしながら酒を飲み始める。いつの間にか一合が二合になつたが、まだ飲み足りない。たぶん縁側のそばで夕涼みをしながら、しみじみと酒を味はつてゐる歌であらう。これはまさにオトナの酒だ、と感心させられる。だが、じつはまだ三十歳のころの作である。

牧水がよく酒を飲んだのは、寂しさをまぎらはせること、また、酒（とくに日本酒を好んだ）の味を楽しむこと、この二つのためであつたやうだが、長年の飲酒がたたつて医者から断酒を言ひ渡されるハメになる。

飲み飲みてひろげつくせしわがもののゆばりぶくろを思(も)へばかなしき

萎縮腎に罹(かか)つた、と前書きのある歌。「ゆばりぶくろ」とは膀胱のことである。断酒の嘆きをユーモアにまぶして詠んでをり、切ない気持ちがひしひしと伝はつてくる。

朝酒はやめむ昼ざけせんもなしゆふがたばかり少し飲ましめ

朝酒も昼酒もよくないからやめるが、夕方には少しぐらゐ飲ませてよ、と心の中でつぶやいてゐるのだ。子供が駄々をこねてゐるやうな面白い歌である。

笹の葉の葉ずゑのつゆとかしこみてかなしみすするこのうま酒を

われはもよ泣きて申さむかしこみて飲むこの酒になにの毒あらむ

酒を断たなければいけないと思ひながら、しかし牧水は酒を飲んだ。「なにの毒あらむ」とは、芯から酒が好きな人の言葉である。

足音を忍ばせて行けば台所にわが酒の壜は立ちて待ちをる

最晩年は、いはゆる盗み酒をした。「酒飲みたさ」が、「酒断ち」の心を強引におしのけてしまふのである。「立ちて待ちをる」の、ほろにがいユーモアは、断酒経験のない人でも素直に理解できるだらう。

牧水の酒の歌が魅力に富んでいることは言ふまでもないけれど、同時に、酒断ちの歌も無類に面白い。面白くて哀しい。

酒ほしさまぎらはすとて庭に出でつ庭草をぬくこの庭草を

死の直前の作。手は草を抜きながら、心はうつろに酒のことを思ふ。このとき牧水四十三歳。酒に明け暮れて、酒で身をほろぼす。さういふ生き方を、豊かな人生と言つていいだらうか。さう言つていいのだ。と牧水の生涯が語つてゐるやうな気がする。

歌の幅の広さ

物をよく見て作られた歌は、何とも言へない味はひがある。たとへば次のやうな歌。

鉄瓶（てつびん）のふちに枕しねむたげに徳利（とくり）かたむくいざわれも寝む

酒もいいかげん飲んだし、眠くなつたから寝よう、といふ時の歌である。徳利が鉄瓶のふちに枕して傾いてゐるといふ描写が、酒を飲み足りて飽きかけたころの雰囲気をうまく伝へてゐる。

うすべにに葉はいちはやく萌えいでて咲かむとすなり山桜花

ふつうの桜と違つて、山桜は花よりも葉が早く出てくる。うす赤い、美しい葉である。あたりはまだ枯れ色の静かな山、その中で山桜の葉の色が照り映えてゐる。牧水作品の中でも特に有名な歌の一つであるが、これも物の実態を詠んだリアルな歌である。

昼は菜をあらひて夜はみみづからをみな子ひたる渓ばたの湯に

谷川温泉での作。「みみづから」は、身自ら。浴客の稀れな、ひなびた温泉地の生活風景を客観的に描き、ほのかなエロチシズムのただよふ歌である。

虎杖（いたどり）のわかきをひと夜塩に漬けてあくる朝くふ熱き飯（めし）にそへ

虎杖の一夜漬けを飯に添へて食べる、といふ歌だが、物が順々にこまかく描写されてゐるので、いかにもうまさうな印象を受ける。

牧水は酒の歌だけでなく、じつは食べ物の歌にも優れたものがある。

いきのよき烏賊（いか）はさしみに咲く花のさくら色の鯛はつゆにかもせむ

しらじらと煮立つを待ちてこれの粥に卵うちかけふきつつぞ喰ふ

信濃なる梅漬うましかりかりと噛めば音してなまのままの梅

どれもうまさうな歌である。牧水は食ひしん坊だつたやうだ。といつても大食漢といふことではなく、おいしいものに目がない人、の意である。

ただ、食べ物の歌が出てくるのはだいたい中年以降である。つまり、節酒・断酒のやむなきに至つてから、徐々に牧水は食べ物に目を向け始めたのである。

「酒なしに喰ふべくもあらぬものとのみおもへりし鯛を飯（めし）のさいに喰ふ」と嘆いてゐるやうに、食ひしん坊の歌の背後には、寂しい酒断ちの心がひそんでゐる。

さて、これまで見てきたリアリズム系の歌はみな中年あるいは晩年の作である。では青年期はどうかと言ふと、たとへば、

けふもまたこころの鉦をうち鳴しうち鳴しつつあくがれて行く

このやうなロマンチックな歌が多くを占めてゐる。そして時折、

水の音に似て啼く鳥よ山ざくら松にまじれる深山の昼を

摘草のにほひ残れるゆびさきをあらひて居れば野に月の出づ

といつた写実的な歌が出てくる。大まかに言へば、牧水は浪漫主義から出発し、その傾向を少しづつ薄めながらしだいに写実主義に近づいていつた歌人、と言へるだらう。世間的には前期の歌が広く知られてゐるが、後期にも味はひのある歌が多い。

とこしへに解けぬ一つの不可思議の生きてうごくと自らをおもふ

これはやや特異な歌である。自分のものでありながら常に動揺して制御しがたい、混沌とした内部の命を見つめてゐる。たえず牧水を旅におもむかせ、また酒にいざなつたものの正体が、この不可思議の命であらう。写実ではとらへられないものを詠んだ、観念的な秀歌である。

かたはらに秋ぐさの花かたるらくほろびしものはなつかしきかな

牧水の心は、過去といふ〈時間の暗闇〉に向けられてゐる。ロマンチックな感傷を含みながら、不

可視のものに迫らうとした観念的な歌である。時間軸の上に秋草と一人の人間だけが存在してゐるやうな、簡素で完成度の高いつくりが、歌に力を与へている。

牧水は幅の広い歌人である。

水の歌人

牧水が短歌を作りはじめたのは、延岡中学時代である。本名は繁であつたが、そのころ「秋空、桂露、雨山、白雨、野百合」などの筆名を使つた。明治時代は筆名を用ゐる文学者が多かつたから、牧水もそれにならつたのだらう。「牧水」となつたのは十八歳からである。「牧」の字は、母親マキの名からとつたらしい。

桂露、雨山、白雨、牧水。よく見ると、これらは水に関する字が使はれてゐる。牧水は、水が好きな人だつたに違ひない。

水木、汽水の光、淡青、雨月、水行、地中銀河、天泣。私事で恐縮だが、これは私の歌集の名である。サンズイを含めてみな水に関はりのある字を用ゐてゐる。水といふものに関心があつて、かうしたのである。だから私には、牧水といふ名はことに親しく感じられる。

牧水の故郷・東郷町には坪谷川が流れてゐるから、筆名にはその川への思ひがこめられてゐるのだらう。

ふるさとの日向(ひうが)の山の荒溪の流清(ながれ)うして鮎多く棲(す)みき

晩年、このやうに牧水は故郷の谷川を懐かしんでゐる。また「上(かみ)つ瀬と下(しも)つ瀬に居りてをりをりに呼び交しつつ父と釣りにき」の作もあり。鮎釣りの思ひ出をうたつたものである。

白鳥は哀しからずや空の青海のあをにも染まずただよふ

ああ接吻(くちづけ)海そのままに日はいかず鳥翔(ま)ひながら死(う)せはてよいま

これらは若いときの歌である。「水」への関心はまづ海から始まつた。牧水の海の歌には、しばしばロマンチックな気分が漂つてゐるのが特徴である。二首目は恋人と一緒に房総の海辺に滞在した折の作だが、海・太陽・鳥の組み合はせによつて官能的な気分をみごとに表してゐる。

日向の国都井の岬の青潮に入りゆく端(はな)に独り海聴く

同じころの作だが、こちらは具体的にうたはれてゐる。大海を前にした牧水は、自然そのものの声に、その豊かな響きに、つつましく耳を傾けてゐるのである。

石越ゆる水のまろみを眺めつつこころかなしも秋の渓間に

これは中期の作「石越ゆる水のまろみ」とは、何とみごとな描写であらう。牧水の目の確かさを改めて感じさせる表現である。

大渦のうづまきあがりなだれたるなだれのうへを水千千（ちぢ）に走る

利根川源流を訪ねた時、牧水はこんな歌を詠んだ。水の激しい動きを描いて、強いリアリティがある。このやうに牧水は「水そのもの」に近づいてゆく。

この牧水の水への関心について、次のやうな優れた論評がある。《牧水の海への憧れと山への愛を対比して別物のように語る人があるが、違うだろう。牧水の精神の根底において海と山とは反義語（アントニム）ではなく、同意語（ミノニム）だつた。海はもちろん水だが、牧水にとって山も水だった。谷川が流れ、樹木も水があって生きている。そして、樹木が水をまた豊かにしている。「水はまったく自然の間に流るる血管である」と牧水はあるエッセイに書いている。水の惑星としての地球。そんな今日の地球観を牧水はいちはやく明治時代に身につけていた。》（伊藤一彦著『青の国から』）

春の木は水気（すいき）ゆたかに鉈切れのよしといふなり春の木を伐る

川、海、水蒸気、霧、雲、雨、地下水…。水は、さまざまな姿で天地のあひだを循環してゐる。その循環の途中の水を、牧水は春の木の幹の中に感じ取つてゐるのだらう。伊藤氏の言葉を裏付けるやうな一首と言へる。牧水は海も山も愛した歌人だが、その海・山をつなぐものが水なのである。

和魂の人

牧水の二十代後半の歌を読むと、他の時期の歌と少し異なつた印象を受ける。

しのびかに遊女が飼へるすず虫を殺してひとりかへる朝明け

遊女のもとで一晩あそんで帰る時の歌だらう。「すず虫を殺して」と冷ややかに言つてゐるところが、何か不気味である。

秋、飛沫（しぶき）、岬の尖りあざやかにわが身刺せかし、旅をしぞ思ふ

旅に出たいと思ひながら、一山や海などの秋の風景を想像してゐたのだらう。その中で、海に向かつて鋭く突き出てゐる岬を思ひ浮かべて「わが身をさし貫け」と呟いてゐる。これもドキリとさせられる歌である。

納戸の隅に折から一挺の大鎌あり、汝（なんぢ）が意志をまぐるなといふが如くに

さうだ、あんまり自分のことばかり考へてゐた、四辺（あたり）は洞（ほらあな）のやうに暗い

絶壁を這ひあがる、黒き猫とや見えむ、いまかなしき絶壁を這ひあがる

これらは五七五七七という短歌の定型からハミ出した、いはゆる破調の歌である。そして内容的に

はそれぞれ暗くて激しいものを秘めてゐる。

牧水は、園田小枝子といふ一歳年上の女性と恋をした。最初の歌集『海の声』の大半はその恋の歌で占められてゐる。牧水は結婚まで考へたのだが、恋は結局破れた。「海底に眼のなき魚の棲むといふ眼の無き魚の恋しかりけり」の歌などに、恋の苦しみが深い影を落としてゐる。

恋愛の破綻から心身ともに疲れ果ててゐた牧水は、やがて父の死に遭遇し、故郷の家を継ぐかどうかといふ進退問題に悩まねばならなかつた。また経済的な貧窮にも苦しめられた。

さういつたさまざまの苦悩が二十代後半の牧水をじりじりと苛んでゐた。

この時期の歌に、寂しく鬱屈した心、また激しく惑乱する心がしばしば見られるのは、それらの事柄に起因してゐる。だが、牧水は身をもつて現実に立ち向かはうとした。

荒魂、つまり、荒ぶる魂。この時期の牧水の歌には、その荒魂がひそんでゐる。右の、絶壁を這ひあがらうとする猫のイメージは、ほかならぬ牧水の自画像なのである。

しかし、ほんらい牧水は和魂の人である。まろやかな珠のやうな歌、と言つたら言ひ過ぎかもしれないが、晴朗で濁りがなく健やかで優しさを湛へてゐるのが牧水の歌である。


水無月の洪水なせる日光のなかにうたへり麦かり少女

これなどは、牧水の心の健やかさをあらはす典型的な歌の一つだらう。

山ねむる山のふもとに海ねむるかなしき春の国を旅ゆく

感傷的であつても、心は素直に天地に向かつて開かれ、歌は晴れやかで優しい。このやうな歌が牧水の歌なのだ。

若い時期の歌を二首あげたが、晩年には次のやうな歌がある。

親魚は親魚ばかり墨の色のちさき子鮒は子鮒どち遊ぶ

一疋がさきだちぬれば一列につづきて遊ぶ鮒の子の群

青笹を入れやりたれば池の鮒早や青き葉の蔭に来てをる

群りて逃げて行きしが群りてとどまる見れば鮒の静けさ

池の中で遊ぶ鮒の姿がこまやかに描かれてゐる。鮒の生態がありありと眼に浮かぶ歌だが、綿密な描写の陰には鮒にそそがれた牧水の優しい眼差しがある。牧水はこのやうに純真無垢な心の持ち主であつた。苦悩した時期にも、人を悪(あ)しざまに言つた歌はないと思ふ。和魂の人、牧水の歌は、とげとげしい気分の満ちてゐる今の時代にあつて、いつそう貴重である。さう思ふのは、決して私だけではあるまい。

牧水短歌、折ふしの翳り

牧水の歌の特徴は、その内容及び調べの晴朗さであらう。晴れ晴れとした歌が多いのである。しかし牧水は人生の上で苦労をしなかつたわけではなく、恋と、家と、酒のことで、十分に苦しみを味はつた。歌の中にそれが翳りとして現はれてゐる。その翳りの部分を少しばかり探つてみたい。

十五夜の月は生絹(きぎぬ)の被衣(かつぎ)して男をみなの寝し国をゆく　『海の声』

夜更け、十五夜の月が「国」の上空を通り過ぎる。人々はもう寝静まつてゐる。この場合、国といふのは、世間といふぐらゐの意味であらう。満月の夜だが、月のおもてに薄雲がかかつてゐる。普通なら、下句は例へば「人々なべて寝し国をゆく」などと言ふところである。それをわざわざ「男をみなの寝し国をゆく」と表現したのは、作者が「男・女」といふ性を意識してゐたからであらう。おそらく作者は、交合のあと眠りにつく男女の姿を思ひ浮かべてゐる。だから、「月は生絹の被衣して」といふ艶(えん)なる表現をしたのだ。一見おだやかな歌であるが、微妙な心の陰翳が出てゐる作品といへよう。

とこしへに解けぬひとつの不可思議の生きてうごくと自らをおもふ　『独り歌へる』

自分で自分のことが理解できない。いはば自分は永遠の謎を秘めた一つの「不可思議」である、と嘆いてゐる。心の陰翳を凝縮したやうな一首である。

明治四十一年（作者このとき二十三歳）の作。前年、作者は園田小枝子と出会ひ、恋に落ちる。恋は深化するが、小枝子が人妻であつたため停滞し、作者は苦悩する。早稲田大学卒業後も就職せず、文学で身を立てようとする。その間しばしば旅に出る。そのやうに揺れ動く自分を「不可思議の生きてうごく」と見たのである。さうだ、このやうな渾沌そのものが生命といふものなのだ、と作者は思つたのではなからうか。

吾木香すすきかるかや秋くさのさびしききはみ君におくらむ　『別離』

私の気持はこれです、といふ心で秋草を贈らう、それには吾木香・すすき・刈萱などがふさはしい、といふ歌である。

秋草はだいたいどれも寂しい印象があるが、すすき・刈萱はその典型であらう。吾木香は可憐さを湛へた寂寥感がある。この三つの秋草を通して作者は心の深い翳りを相手に伝へようとしたのである。

海底に眼のなき魚の棲むといふ眼の無き魚の恋しかりけり　『路上』

深海には太陽の光が届かず、したがつて必要のない眼が退化した生き物がゐる。そんな話を聞いて、作者は「眼のなき魚」に憧れたのである。何も見ずに暗闇の中で生きてゆきたいと思つたのであらう。明治四十三年ごろの作。この歌の背景には、小枝子の妊娠と出産、出生した子にかかはる疑惑と苦悩が背景にある、と言はれる。苦悩を重ねた果ての絶望が、暗黒に棲む魚への憧憬となつて流れ出たのである。

かなしげに疲れはてつつわれいだく匂へる腕ゆいかに逃れむ　同

同じころの作。娼婦といふか、遊廓の女性を買ひにいつた折の歌である。すぐ前に〈みさをなきをんなのむれにうちまじりなみだながしてわがうたふ歌〉といふ作もある。かなしげに疲れはてながら私をいだく匂はしい腕、といふ部分が女を描写してゐる。「いかに逃れむ」の箇所に作者の心の陰翳が露出してゐる。

おもひやるかのうす青き峡のおくにわれのうまれし朝のさびしさ　同

作者の生まれ故郷は、宮崎県北部の山深い村である。「かのうす青き峡のおく」はそのことを指してゐる。「うす青き」と言つたのは森の木々の緑に霧がかかつたやうなイメージである。先に作者は、自分の生命を「とこしへに解けぬひとつの不可思議」ととらへた。その生命を、源に向つてさかのぼつた時、「うす青き峡のおく」に辿り着いたのである。物哀しい翳りを帯びた作品。

しのびかに遊女が飼へるすず虫を殺してひとりかへる朝明け　『死か芸術か』

明治末年、これも遊廓で遊んだ折の作。帰りに鈴虫を殺したのは、利那的な感情である。悪場所、あるいは娼婦への嫌悪感が噴き出たのであらう。心の陰翳といつても、これは冷酷でとげとげしい。しかしまた、かういふ歌が牧水短歌の魅力に奥行きを与へてゐる。

納戸の隅に折から一挺の大鎌あり、汝(なんぢ)が意志をまぐるなといふが如くに　『みなかみ』

宮崎の坪谷に帰郷してしばらく滞在し、家を継ぐかどうか迷つてゐた時期の作。これは内面の迷ひの分岐点を示すやうな歌である。作者はこのあと遂に「意志」を曲げず出奔し、家を捨てた。

このころ作者はしきりに破調の歌を試みてゐる。この歌も定型に近いが、やはり破調である。伊藤一彦氏は牧水の破調について次のやうに大胆明快な解釈をくだしてゐる。

《自分を古い慣習の支配する村と家の中に押しとどめようとする故郷坪谷こそが、牧水にとって「定型」だったのではあるまいか。「意志をまぐるな」という命令を自己に発し、「定型」を虐使し破調の表現を選ぶとき、牧水のたたかいの相手はほとんど故郷だったに違いない。》（宮崎日日新聞社編『若山牧水』）

朝酒はやめむ昼ざけせんもなしゆふがたばかり少し飲ましめ　『くろ土』

大正七年の作。「やめむとてさてやめらるべきものにもあらず、飲みつやめつ苦しき日頃を過す。」といふ詞書がある。元気なころの作者は朝昼晩、酒を飲んでゐたらしいが、このころドクターストップがかかつて、断酒しようとしてゐた。せめて夕方だけは「少し」飲ませてほしい、といふ所に物哀しいユーモアがある。

最晩年には〈酒ほしさまぎらはすとて庭に出でつ庭草をぬくこの庭草を〉（『黒松』）といふ歌がある。遂に一滴も飲んではならない状態になつて、禁断症状をまぎらはすために庭で草を抜いてゐるのだ。せつない内容であるが、暗く湿つた歌ではない。牧水は、翳りはあつても湿潤さを持たぬ歌人であつた。

五十代の茂吉──二本の緋色の糸──

現代では、五十代といふのはまだ壮年期であらう。だが明治生れの人たちの五十代は、壮年といふより初老の感があつた。ことに斎藤茂吉の場合は、その感が深い。作品の老熟度において、また写真で見るその風貌において、五十代の茂吉はすでに初老そのものである。いや、ときには老年とさへ言つてよいくらゐ老いて見える。しかし、茂吉の内面は暗くかがやいてゐた。

茂吉の五十代の作品の大部分は、歌集『白桃（しろもも）』『暁紅（げうこう）』『寒雲（かんうん）』の三冊に収められてゐる。作品の制作年代は次の通りである（年齢は数へ年）。

○『白桃』……昭和八、九年の作（茂吉五十二歳、五十三歳）計一〇一七首。
○『暁紅』……昭和十、十一年の作（五十四歳、五十五歳）計九六八首。
○『寒雲』……昭和十二年から昭和十四年九月までの作（五十六歳から五十八歳まで）計一一一五首。

三冊の歌集の歌数を合計すると三一〇〇首、これを年数で割ると、年間平均四四〇首ほどになる。精力的に歌を作つてゐたことがわかる（このあと、五十代末期の作を収めた『のぼり路（ぢ）』があるが、戦時を迎へて空疎な歌が増え、歌集としての価値はやや低い）。
三冊の歌集からそれぞれ代表作（の一部）を上げるとすれば、次のやうなものにならうか。

春の雲かたよりゆきし昼つかたとほき真菰に雁しづまりぬ
民族のエミグラチオはいにしへも国のさかひをつひに越えにき
街にいで来て熱河戦闘の実写真をまなぶた熱くなりて見て居り
あはれあはれ電のごとくにひらめきてわが子等すらをにくむことあり
ただひとつ惜しみて置きし白桃のゆたけきを吾は食ひをはりけり
たえまなく激ちの越ゆる石ありて生なきものをわれはかなしむ
弟と相むかひゐてものを言ふ互のこゑは父母のこゑ
山のうへの氷のごとく寂しめばこの世過ぎなむわがゆくへ見ず
あやしみて人はおもふな年老いしシヨオペンハウエル笛ふきしかど
陸奥をふたわけざまに聳えたまふ蔵王の山の雲の中に立つ
街上に轢かれし猫はぼろ切か何かのごとく平たくなりぬ
新宿のムーラン・ルージユのかたすみにゆふまぐれ居て我は泣きけり

とりあへず『白桃』から引いた。対象を思ひ切つて単純化して把握し、練り上げた力強い韻律に乗せて表現してゐる。歌を強くするために、むしろ意味量を少なくし、韻律の彫琢によつて〈意味〉と異なるルートで内面の情動を伝へようとする作品群、といつた印象を受ける。

一首目は、本格的な自然詠。これに先行する歌集『石泉（せきせん）』（五十歳、五十一歳の作。計一〇一三首）の中に例へば「嘴（はし）ながく飛びゆく鵜等を見てをればところ定まらず水にしづみき」といつた秀れた自然詠があるが、この歌はその延長上にあつてさらに沈潜の度を加へてゐる。

二首目、「エミグラチオ」は「移動」の意。作者自注（『作歌四十年』）によれば、満洲事変などが念頭にあつたやうだが、そのことに限定しない歌ひ方が作品に茫洋たる歴史的広がりを与へてゐる。

八首目「山のうへの」の歌は、事実の面で不明の部分を持ちながら、何か悲劇的なものに耐へてゐるやうな沈痛なひびきがある。

九首目「あやしみて」の歌は、表面的な意味は明確だが、作歌のモチーフはわかりにくい。幸ひ、本林勝夫著『論考茂吉と文明』の中に「茂吉短歌私注」といふ一章があり、そこでこの一首が詳しく読み解かれてゐる。「……深刻な打撃を受けた筈の自分が、あいかわらず歌を作っているのを、世間の人は不思議に思うかも知れない。しかし、今の自分は決して平安な心境にいるわけではない。あの老哲学者がフリュートで心をなぐさめていたように、自分の寂しい心境は日本の笛、つまり歌によって僅かに慰藉を得ているのだ……」。間断するところのない、みごとな解釈である。

最後の「新宿の」の歌も、場面こそ違へ、ショオペンハウエルの歌と同質の、心の悲傷をうたつた作であらう。

一つ一つの歌を味読する余裕はないので、次に『暁紅』『寒雲』の中から代表作と思はれるものを上げておく。

をとめ等は玉のごときを好しとせり映画の中のをとめにてもよし

ガレージへトラックひとつ入らむとす少しためらひて入りて行きたり

「陣歿したる大学生等の書簡」が落命の順に配列せられけり

寒くなりしガードのしたに臥す犬に近寄りてゆく犬ありにけり

彼の岸に到りしのちはまどかにて男女のけぢめも無けむ

ゆふ闇の空をとほりていづべなる水にかもゆく一つ螢は

風やみし山のはざまは大き石むらがりあひて水を行かしむ

まをとめと寝覚めのとこに老の身はとどまる術のつひに無かりし

木曽山をくだりてくれば日は入りて余光とほくもあるか

うつせみのにほふをとめと山中に照りたらひたる紅葉とあはれ

まぼろしに現まじはり蕗の薹萌ゆべくなりぬ狭き庭のうへ

きさらぎの二日の月をふりさけて恋しき眉をおもふ何故

鼠の巣片づけながらいふこゑは「ああそれなのにそれなのにねえ」

山なかに雉子が啼きて行春の曇のふるふ昼つ方あはれ

こよひあやしくも自らの掌を見るみまかりゆきし父に似たりや

以上『暁紅』

一切(いつさい)の女人(によにん)はわれの母(はは)なりとおもへる人は清(きよ)く経(へ)にけめ
バケツより雑巾(ざふきん)しぼる音きてそれより後の五分(ごふん)あまりの夢
むらさきの葡萄(ぶだう)のたねはとほき世のアナクレオンの咽(のど)を塞(ふさ)ぎき
寒(かん)の夜(よ)はいまだあさきに洟(はなみづ)はWinckelmann(ウインケルマン)のうへにおちたり

以上『寒雲』

どこか不分明な部分を秘めながら、悲傷性を帯びた力強い韻律によつて私たちを惹きつける歌が多い。何かを押し隠して、しかし隠し切れずに（あるいは表現したい気持を抑へ切れずに）うたつてゐる気配がある。じつはこの時期、茂吉作品を或る二本の糸がつらぬいてゐた。『白桃』『暁紅』『寒雲』をつらぬく二本の緋色(ひいろ)の糸。

だがその前に、言葉の面で三歌集に見られる特徴に触れておかう。一つは人名を含めて外来語（茂吉ふうにいへば「洋語」）の積極的な使用。たとへば「エミグラチオ」「シヨオペンハウエル」「ムーラン・ルージユ」「アナクレオン」「Winckelmann」などがそれである。外来語の使用は、鷗外の影響、自身のヨーロッパ留学の体験などが原因として考へられるが、茂吉の意図は、日本語と異なるひびきを持つ外来語を取り込むことによつて歌の音楽的効果を高めるところにあつたと思はれる。

もう一つは、造語への関心。すでに『石泉』の中に、「あしびきの山のはざまに自(みづか)らはあかつき起(おき)の痰(たん)をさびしむ」の「あかつき起」、また「まなこ冴えてわれはねむれず巨流河(きよりうか)の警戒塹(けいかいざん)に雪ふるらしも」の「巨流河」や「警戒塹」など、茂吉の造語（と思はれるもの）が見えるが、右にあげた歌の中の「実写真」「余光」も造語であらう。ほかにも「やうやくによはひはふけて比叡の山の一暁を惜しみあるきつ」（『白桃』）の「一暁」、また「孤独なる心にもあるか谷の入り細篁をとほりて来れば」（同）の「細篁」、「冬雲のなかより白く差しながら直線光ところをかへぬ」（同）の「直線光」など、造語らしい言葉が出てくる。オリジナルの造語であるかどうか立証するのは難しいけれど、これらの語を見ると茂吉の、言葉への関心の強さが造語欲（変な言葉だが）となつて現れてゐるのを見るやうで、興味ふかい。

作風の面では、「ガレージへトラックひとつ入らむとす少しためらひて入りて行きたり」のやうな歌が茂吉作品の中で新しい境地を拓いてゐる。日常の、とりたてて言ふほどのこともない小さな現象を、そのまま感情を付加せず、単純にクローズアップしてうたふ。すると、内容は淡いけれど現実感を持つた独特の味はひのある歌が生れる。「ゆふ闇の空をとほりていづべなる水にかもゆく一つ蛍は」のやうな深沈たる歌と対極をなす小品である。この「ガレージへ」の歌について茂吉は言ふ、「その儘の写生で、従来の規準からいへば最も歌らしくないものの一つであらう。けれども斯うして一首になると変な厚ぼたい味があつて棄てがたいのである。」（『作歌四十年』）

燠のうへにわれの棄てたる飯つぶよりけむりは出でて黒く焼けゆく　『暁紅』

この歌もさうだし、「バケツより雑布しぼる」の歌なども同様の味はひがある。いづれも、いはば内面の情動を凍結して、現象そのものを表現の対象としたやうな歌である。

*

茂吉の妻、てる子。彼女が茂吉の歌に与へたものは、きはめて大きい。それは、どちらかといへば明るくあたたかい光であるよりも、冷たい風であり、暗い影であつた。少なくとも茂吉の側から見て、さうであつた。茂吉とてる子の関係を年譜ふうに見ると、

明治二十九年（茂吉十五歳）上京し、斎藤紀一方に寄宿。てる子二歳。
明治三十八年（二十四歳）てる子（十一歳）の婿養子として入籍。
大正三年（三十三歳）てる子（二十歳）と結婚。
大正五年（三十五歳）長男茂太生れる。
大正十四年（四十四歳）長女百子生れる。
昭和二年（四十六歳）次男宗吉生れる。
昭和四年（四十八歳）次女昌子生れる。
昭和八年（五十二歳）ダンスホール事件によつて、てる子と別居（昭和二十年まで）。

二人の間には四人の子供がある。だが、決して仲のいい夫婦ではなかつた。てる子は都会の金持のお嬢さんであり、茂吉は東北の寒村から出てきた——おそらく風采のあがらぬ——言葉の重い男であつた。そんな夫婦でもうまく行く場合もあるが、要するにこの二人は相性が悪かつたのであらう。てる子は、歌人として秀でた夫を尊敬するでもなく、しばしば観劇などに出歩いた。わがままな女、と見ることもできるが、夫になじめない孤独感が彼女を出好き（でずき）の人間にしたと言へるのかもしれない。

やがて二人は、或る事件をキッカケに別居することになる。昭和八年十一月八日、新聞に報道された銀座ダンスホール事件である。「東京朝日新聞」の記事によれば、同ホールのダンス教師田村某（二十四歳）がホールの常連客の女性たちを相手に「情痴の限りを尽し」その「目にあまる不行跡」に対して警視庁も捨て置けず、田村某を検挙した。その取調べ中、田村某をとりまく有閑マダムたちの名があげられ、その中に斎藤てる子の名もあつた。これが各新聞にスキャンダラスに報道され、茂吉に強い衝撃を与へた。奇妙な事件だが、詳細は藤岡武雄著『年譜斎藤茂吉伝』に記されてゐる。当時、茂吉は中村憲吉あての書簡で「……小生も不運中の不運男なれど今更いかんともなしがたし」（昭8・11・13）と書き、てる子を別居せしめた。

『白桃』後記に、「昭和八年、昭和九年は私の五十二歳、五十三歳の時に当る。然るにこの両年は実生活の上に於て不思議に悲歎のつづいた年であつた。昭和八年十月三十日に平福百穂画伯が没し、昭和九年五月五日に中村憲吉が没した。さうして私事にわたつてもいろいろの事があつた。私のかかる精神的負傷が作歌にも反映してゐると思ふ」とある。この「精神的負傷」の大きな部分を占めるのが、ダンスホール事件（に象徴される妻の不行跡）なのである。

山のうへの氷のごとく寂(さび)しめばこの世過(よす)ぎなむわがゆくへ見ず
かなしかる妻に死なれし人あれどわれを思へば人さへに似ず
二時間(にじかん)あまり机(つくゑ)の前にすわりしが渾沌として階をくだりぬ

わがおもふことは悲しも萌えいでし羊歯(しだ)のそよぎの暮れてゆくころ

あやしみて人はおもふな年老(としお)いしシヨオペンハウエル笛(ふえ)ふきしかど

さきに上げた歌も混じつてゐるが、『白桃』のこれらの作品群には直接間接に、てる子にかかはる「精神的負傷」が影を落としてゐよう。

もう一つ、付け加へておきたいことがある。ダンスホール事件より九年前の大正十三年、滞欧中の茂吉と会ふために突如（といふ感じで）てる子が渡欧する。二人は七月二十三日パリで会ひ、各地を訪ねたあと翌年一月帰国し、二月二十三日長女百子が生れる。その間(かん)丁度七か月。異常とも言へる早産である。だが百子は無事に育つた。見方を変へれば、早産だつたのではなく、てる子は渡欧前に妊娠してゐた、といふ推測も成り立つ。百子の父は茂吉ではなかつた――この説はかねてから人々のあひだで囁かれてゐたらしい。事は隠微なことがらであるが、すでに百子も故人となつたからであらう、この問題について茂吉次男の北杜夫が言及し、「私の推測はやはりこうである。断言はできぬが、百子が茂吉の子でない可能性のほうが高いと」と書いてゐる（「図書」平成四年七月号）。

『白桃』に次の一首があった。

あはれあはれ電(でん)のごとくにひらめきてわが子等(こら)すらをにくむことあり

瞬間的な強い情動がうたはれてゐる。なぜ子供たちを憎むのか、それは述べられてゐない。しかし

「子等すらを」の措辞の裏に、私は「自分は妻をにくむ。それゆゑに、時にはその妻の生んだ子等さへも憎むことがある」の意を感じ取る。たびたび外出し帰宅も遅い妻。それだけでも憎悪の対象とならうが、この歌のはげしい憤怒・悲調は、もしかすると〝百子は自分の子ではない〟と茂吉は考へてゐたのではないか、と思はせるところがある。ちなみにこの一首は、ダンスホール事件の四ヶ月ほど前の作である。

＊

『白桃』の後半から折々、艶なるものを含んだ歌があらはれる。艶なるものに酔ひ、あるいはそれに関して惑ひ苦しんでゐる茂吉がそこにゐる。

この園の白銀薄たとふれば直ぐに立ちたるをとめのごとし
をとめ等は玉のごときを好しとせり映画の中のをとめにてもよし
清らなるをとめと居れば悲しかりけり青年のごとくわれは息づく
彼の岸に到りしのちはまどかにて男女のけぢめも無けむ

『白桃』

若人の涙のごときかなしみの吾にきざすを救ひたまはな
ほのぼのと清き眉根も歎きつつわれに言問ふとはの言問
まをとめと寝覚めのとこに老の身はとどまる術のつひに無かりし
うつせみのにほふをとめと山中に照りたらひたる紅葉とあはれ
梅が香のただよふ闇にひとりのみ吾来れりや独りにはあらぬ

以上『暁紅』

きさらぎの二日の月をふりさけて恋しき眉をおもふ何故
山水図のなかにうら若き女子の居ぬをうべなふ夜ふけて吾は
一切の女人はわれの母なりとおもへる人は清く経にけめ
山の雪にひと夜寝たりき純全にも限ありてふことはかなしく

以上『寒雲』

昭和九年九月、向島百花園で開かれた子規三十三回忌歌会で永井ふさ子（アララギ会員）に出会ふ。ときに茂吉五十三歳、ふさ子は二十六歳、独身であつた。以後二人は徐々に親しくなり、会つたり手紙のやりとりの回数が増えてゆく。

一首目「この園の」の歌は、百花園での作。ふさ子を直接うたつてはゐないが、その俤を添はせたやうな歌である。ダンスホール事件からまだ一年もたつてゐない傷心孤独の茂吉は、二十七歳年下の美しい女性にひたすら心を寄せてゆく。

茂吉にとつて初めての恋、といへるやうなものだつたかもしれない。だが茂吉はすでに老いの入口に立つてをり、四人の子があり、高名な歌人であり、大結社の総帥であり、病院の院長であり、また何よりも不器用で小心な人間であつた。『茂吉全集』第三十六巻に収められた永井ふさ子あて書簡は、昭和九年＝三通、十年＝四通、十一年＝四十三通、十二年＝五十四通、十三年＝九通、十四年以降（二十年まで）＝十七通。
計百三十通である。茂吉の恋情（時には情欲と呼ぶべき生々しさがある）は、これらの書簡——ことに昭和十一年と十二年のもの――に奔出してゐる。「どうしていつあつてもこんなになつかしくこひしんでせう。（略）御手紙は、便所でも、机の原稿紙の下でも床の下でもよむのです。あゝこひしい」（昭11・11・5）、「ふさ子さん！ふさ子さんはなぜこんなにいい女体なのですか」（昭11・11・26）、「……写真を出して、目に吸ひこむやうにして見てゐます、何といふ暖い血が流るることですか、圧しつぶしてしまひたいほどです、（略）この中には乳ぶさ、それからその下の方にもその下の方にも、すきとほつて見えます」（昭12・3・19）

かうした書簡における露骨な言葉とは逆に、短歌は右のやうに表現が抑制され、余人には恋愛の実在を知られないやうな配慮がなされてゐる。しかし、所詮うたはずにゐられなくて歌を詠んでゐるのだから、表現のはしばしに艶（えん）なるものが覗く。そのことは、社会的な肩書の付いた茂吉にとつては苦しみであり、素裸の人間茂吉にとつては歓びであつただろう。二人の恋は、やがて少数の周囲の人々の知るところとなり、内密に揉み消されたらしい。茂吉は悲歎と安堵の中に一人とりのこされたが、歌から見るかぎり悲歎の方が大きい。悲歎は屈折し、例へば「一切の女人は」の歌に脈打つてゐる。

むらさきの葡萄（ぶだう）のたねはとほき世のアナクレオンの咽（のど）を塞（ふさ）ぎき

茂吉はアナクレオンを「恋愛詩人」と呼んでゐる（『作歌四十年』）。とすればこの歌は、ギリシャの詩人に仮託して己れの〈死〉を詠んだものと見ることができる。恋する茂吉も死んだ――と寂しく自らを葬つてゐるのである。

茂吉の生をつらぬいた二本の緋色の糸がある。一本は、てる子といふ暗い緋色の糸。もう一本は、ふさ子といふ艶なる緋色の糸。二本の糸はどちらも結局、茂吉に多く苦悩を与へた。だが苦悩によって茂吉の歌はかがやいてゐる。

暈(ぼ)かされた歌の魅力―迢空と茂吉―

1

意味の分からない歌は困る。分かりにくい歌も困る。できれば、意味するところは明確で、しかもふしぎな謎めいたものを秘めてゐる歌がいちばんいい。そんなことを以前に書いたし、今もさう思ってゐる。

だが、分かりにくい歌でも、いい歌はあるだらう。少なくとも、魅力ある歌は存在する。たとへば次のやうな歌だ。

さくら咲くその花影の水に研ぐ夢やはらかし朝(あした)の斧は　　前　登志夫

歌集『霊異記』所収。「さくら咲くその花影の水に研ぐ夢やはらかし」まで読むと、作者が何かを研ぎながら（或いは夢そのものを研いでゐるのかもしれない）やはらかい夢を見てゐる、といふ印象を受ける。ところがその後に「朝の斧は」とあるために、四句までの読みはくつがへされてしまふ。

夢を見てゐるのは作者でなく、斧じしんなのだ。

斧が、水に夢を研いでゐる。ここのところが分かりにくい。だが、表現がさうなつてゐるのだから、さう読むほかない。私の読みは、作者の表現意図を意に介さぬところから出発する。

この歌は、斧が夢を見てゐる、と言つてゐる。では、「水に研ぐ」とは何か。これは、人間が斧を研いでゐる光景から人間を消し、斧を主体に置いた表現だらう。（特殊な、といふか破格の表現である。）さう考へれば、この歌は理解できる。

斧が水に（水の中で）研がれながら、やはらかい夢を見てゐる。水には、桜の花影が映つてゐる。斧の見る夢は、桜と関はつてゐるだらう。春、山々に桜が咲いて、美しい。木を伐つたり割つたりする凶器である鋭い斧。しかし今ひとときは、桜の花を映す水に洗はれつつ、斧は陶然と夢を見てゐる。たぶん、そのやうな歌であらう。一読してつまづき、二読三読して魅力をかんじる歌である。自然と人間でなく、自然と物体（労働用具）との交感を描いた抒情歌といへるだらう。

もう一首、わかりにくい歌を挙げる。


ひきよせて寄り添ふごとく刺ししかば声も立てなくくづをれて伏す　　宮　柊二

『山西省』所収。広く知られた歌であり、多くの人は、作者が敵を刺殺したのだと考へてゐるだらう。しかし「刺す」の主語はどこにもない。むろん、主語のない場合は「我れ」を補つて読むのが普通だが、この歌で〈主語＝我れ＝宮柊二〉と読んでいいかどうか。

一つの集団があって、その集団はＡＢＣＤＥ……といった人びとで構成されてゐるとしよう。その集団の役割として、人物Ａが或る行為をする。Ａがそれをしなければ、Ｂがそれをする。或いはＣがそれをしても同じことだ。

右の歌に当てはめると、集団とは軍隊のことである。敵を刺した兵士はＡだとしよう。だが歌の作者はＡであるとは限らない。ＡＢＣＤＥ……のいづれが作者なのかは、確定できない。作者は、集団の一構成員として（言ひかへれば、個人の顔を持たぬ不特定多数の中の一人として）「刺す」といふ行為を描いたのであり、そのため右の一首には主語がないのである。これに先行する歌「磧（かはら）より夜をまぎれ来（こ）し敵兵の三人（みたり）迄を迎へて刺せり」に主語がないのも、同じ理由からである。

個人の顔を持つた我れを〈我れ〉と表記し、また、顔を持たない没個人的な我れを《我れ》と表記すれば、右の「ひきよせて」「磧より」の歌の主語は、〈我れ〉でなく《我れ》であると考へる方が正確だらう。右二首において宮柊二は、「刺す」といふ行為の実行者であるかどうか不明のままであり、ただ明らかなのは、宮柊二が「刺す」といふ行為の認識者であることだけだ。

〈我れ〉に宮柊二の顔があるとすれば、《我れ》にはそれがない。《我れ》は集団の中の一無名者であり、英語でいへばたぶんOne of themであり、別の見方をすれば「空白の我れ」である。

2

前登志夫の歌では人間の存在が消され、宮柊二の歌では主語が消されてゐる。それによつて分かりにくい歌になつてゐる。だが必ずしも韜晦した歌ではない。前登志夫は斧の内側に入り込んでしまつたのであり、宮柊二の場合は〈我れ〉と《我れ》の区別のあいまいな戦場といふものが歌に表れただけである。

このやうに、結果として暈かされた部分を内包する歌——それを「暈かされた歌」と呼んでおかう。釈迢空を読む場合、この「暈かされた歌」といふ考へを持ち込むのは有効である。

乾鮭のさがり　しみゝに暗き軒　銭よみわたし、大みそかなる

『海やまのあひだ』所収。お金を数へて渡すのは誰か。作者か、一般の客か。それが明示されてゐない。しかし一首は、乾鮭がぶらさがつた暗い店さきで正月の買物をして代金を手渡してゐる大みそかの街頭風景を活写した佳作である。「銭よみわたし」の主語は、〈我れ〉でなく《我れ》であると考へてよいであらう。たとへ釈迢空自身が買物をしてゐる場面だとしても、作者迢空はずつと遠くからその光景を眺めてゐるのである。

ながき夜の　ねむりの後も、なほ夜なる　月おし照れり。河原菅原

これも『海やまのあひだ』の一首だが、ふしぎな歌である。眠つてゐるのは一体誰か。じつは、この歌は「夜」と題する一連十三首の第一首であり、一連の始めに次のやうな長い前書が付けられてゐる。

「下伊那の奥、矢矧川の峡野に、海と言ふ在所がある。家三軒、皆、県道に向いて居る。中に、一人の翁がある。何時頃からか狂ひ出して、夜でも昼でも、河原に出てゐる。色々の形の石を拾うて来ては、此小名の両境に並べて置く。其一つひとつに、知つた限りの聖衆の姿を、観じて居るのだと聞いた。どれを何仏・何大士と思ひ弁つことの出来るのは、其翁ばかりである。」

そして右の歌が出てゐるのだが、一連の他の歌もいくつか抄出してみよう。

川原の樗の隈の繁み〱に、夜ごゑの鳥は、い寝あぐむらし
をちかたに、水霧ひ照る湍のあかり　竜女のかげ　群れつゝをどる
光る湍の　其処につどはす三世の仏　まじらひがたき現身。われは
ひたぶるに月夜おし照る河原かも。立たすは　薬師。坐るは　釈迦文尼
水底に、うつそみの面わ　沈透き見ゆ。来む世も、我の　寂しくあらむ
川霧にもろもろ枝翳したる合歓のうれ　生きてうごめく　ものゝけはひあり

作者は、〈我れ〉と〈村の翁〉との間を自由に往き来して歌を作つてゐる。すなはち、一連は〈我れ〉の歌か、また〈村の翁〉の歌か、分かちがたい。言ひかへれば、この〈我れ〉は《我れ》に近いのである。

そして再び最初の「ながき夜の」といふ歌に戻ると、眠つてゐるのは〈我れ〉でもあり〈村〉でもあり〈村人たち〉でもあるやうな、やはり《我れ》としか言ひやうのない、或る集団の中の一人の無

名者であるやうに思へてくるのである。

飛躍して言へば、迢空は翁を通して村を思ひ、村を通して日本各地の村々を思ひ、そのやうにして結局、各地の山あひに住み継いできた日本人といふものを思つたのである。いはば、「ながき夜のねむりの後も」の主語は、村々の日本人そのものであらう。

やりばなき思ひのゆゑに、びゆう〳〵と　馬をしばけり。馬怒らねば

基督の　真はだかにして血の肌（ハダヘ）見つゝ、わらへり。雪の中より

ともに「『倭をぐな』以後」の歌。前者は昭和二十三年三月、後者は昭和二十五年十二月の作である。前者は、馬をしばく（叩く）のが誰か、分からない。後者も「わらへり」の主語が不明である。どちらの歌も、《我れ》が主語であると考へれば、理解しやすい。

馬は叩いても怒らない。だから残忍にびゆうびゆうと叩く。時代は、敗戦後の混乱と窮乏の時代である。自分の内なる鬱屈をはらすかのやうに思ひきり馬を叩く。叩いてゐるのは、我（われ）でも彼（かれ）でもなく、日本人の心なのだ。

戦後、日本人の間に広がつたキリスト教。どちらかと言へば、それは宗教といふより風俗として生活の中に入つてきた。だが日本には仏教があり、神道があり、雑多な民間信仰がある。さうした日本古来の信仰を知る者からすれば、キリスト教の風俗的な普及は軽薄にも見える。雪の日、十字架にかけられたキリストの像を見ながら、心の中に笑ひが湧く。楽しい笑ひではない。あざけりの気持が笑

ひのかたちで噴き出たのだ。

主語がない、そのことに忠実に歌を読めば、右のやうな解釈になるのではなからうか。「個」が「日本人」の中に溶け込みやすい人、逆に言へば「個」の中に「日本人」を抱へ込んでしまふ人。主語が暈かされるのは、迢空がさういふ人だからだと思はれる。

あゝひとり　我は苦しむ。種々無限清らを尽す　わが望みゆゑ

『倭をぐな』所収。昭和二十三年一月作。これも敗戦後の日本が歌の背景にある。

「清らを尽す」とは、贅美をきはめる、ぐらゐの意だらう。源氏物語・桐壺の巻に、源氏が元服する際の饗宴を「きよらを尽して仕うまつれり」と描写してゐる。また、徒然草の第二段に「いにしへの聖の御世のまつりごとをも忘れ、民の愁へ、国の損はるゝも知らず、よろづにきよらを尽していみじと思ひ、所せきさましたる人こそ、うたて思ふ所なく見ゆれ」とある。

兼好法師は奢侈にひたる権勢者たちを批判してゐるけれど、今こそ自分は「清らを尽す」生き方を望んでゐる。そして、それゆゑに苦しんでゐる。迢空はさう歌ふ。日本人の心が荒廃してることを悲しみ、高貴な精神の回復をねがつてゐるのである。決して物質的なゼイタクをしようといふのではない。

これは「個」の歌である。だがこの「個」は日本そのものを内包した大きさがある。迢空の「暈かされた歌」は、その大きさゆゑに生まれるのだと思ふ。最晩年の歌（遺稿）「人間を深く愛する神あ

りてもしもの言はゞ、われの如けむ」は、精神の大きさが極大に達した所に発生した歌であり、迢空といふ歌人の特徴が直截にあらはれてゐる。

3

彼の岸に到りしのちはまどかにて男女のけぢめも無けむ　斎藤茂吉

歌集『暁紅』所収。昭和十年作。彼の岸に到るとは、彼岸にわたる、すなはち死ぬことである。誰が死ぬのか、それは示されてゐない。読者は、主語を補ひながら「人間といふものは、死んだあと初めて円かになつて、男女の区別もなくなり、性の苦しみから解放されるのだらう」と読む。

さう読まれることを茂吉はねがつた。だが茂吉死後、公表された幾つかの資料によつて、このころ永井ふさ子といふ女性と恋愛関係にあつたことが判明した。茂吉はその恋愛をひた隠しに隠さうとしてゐた。その痕跡が右の一首にも見える。主語隠しがそれである。茂吉の胸中にあつたこの歌の主語は、人間一般でなく、自分とふさ子だつた筈である。しかし、さう言はれてもそれを否定できるやうに歌は暈かされてゐる。

きさらぎの二日の月をふりさけて恋しき眉をおもふ何故
ヴエネチアに吾の見たりし聖き眉おもふも悲しいまの現に

歌集『寒雲』所収。昭和十二年作。このころ茂吉は、永井ふさ子（松山市在住）あての手紙で次のやうに書いてゐる。

〈このあひだ山口と代々木原のところで旧(きう)の二日月の繊いのをみました「きさらぎの二日の月をふりさけて恋しき眉をおもふ何故(なにゆゑ)」といひました、アララギに出すとすると西洋のマドンナか何かにかこつけて、ごまかしませうか。〉（昭12・3・19）

そして右のごとく「ヴエネチアに吾の見たりし聖き眉……」の歌を作り、世間の目をごまかしたのである。送つてもらつたふさ子の写真について、茂吉は同じ手紙の中でかう書いてゐる。〈東横の地下室の隅のテエブルに身を休ませて、珈琲一つ注文して、（中略）写真を出して、目に吸ひ込むやうにして見てゐます。何といふ暖い血が流るることですか、圧しつぶしてしまひたいほどです。圧しつぶして無くしてしまひたい。この中には乳ぶさ、それからその下の方にもその下の方にも、すきとほつて見えます。あゝそれなのにそれなのにネエです。食(くら)ひつきたい！〉と。痴情まるだしの茂吉がここにゐる。しかし、歌は事実を暈かした清純なものになつてゐる。

茂吉は、自分の社会的立場を守るために韜晦した。暈かされた歌たちは、迢空においては「個」の溶解拡大から生まれ、茂吉においては「個」への執着から生まれたと言へよう。余談だが、茂吉にこんな歌がある。

むらさきの葡萄(ぶだう)のたねはとほき世のアナクレオンの咽(のど)を塞(ふさ)ぎき

『寒雲』所収。昭和十三年作。本林勝夫著『論考茂吉と文明』によれば、これは昭和十四年一月、何かの書物でアナクレオンのことを知つて作つた歌だといふ。歌集では季節に合はせて繰上げ、十三年作としてゐる。この種の操作を茂吉はしばしば行つてゐる。そして、後年かう言つてゐる。「大きい麗しい葡萄を食ひつつ連想はかういふ具合になつた。アナクレオンは希臘の詩人で、恋愛詩人であつたが、食べてゐた葡萄が咽を塞いで死したと言はれてゐる。この連想も作者の身に即けば即ち写生である。」（作歌四十年）

写生だといふのは韜晦である。だが私は茂吉がアナクレオンのことを「恋愛詩人」と言つてゐるのに注目する。このころ茂吉は、ふさ子との恋愛を失ひ、悲嘆の中にあつた。葡萄の種を咽につまらせて死んだ恋愛詩人を、茂吉は自画像を描くやうな気持で詠んだのではなかつただろうか。さうだとすれば、これもまた「暈かされた歌」の一つとなる。

Ⅱ部

ミラクル・ポエム―戦前の前川佐美雄―

1

昭和の俳句が水原秋桜子句集『葛飾』から始まつたとすれば、昭和の短歌は前川佐美雄歌集『植物祭』から始まつたと言へるだらう。『植物祭』の刊行は昭和五年、『葛飾』の刊行も同じく昭和五年。どちらも反伝統の性格を帯びてゐる。それぞれが、そののちの昭和短歌史、昭和俳句史に与へた影響は、大きく、深い。

作家として眺めると、前川佐美雄は奔放不羈、勝手気ままである。たとへば歌集『大和』（第三歌集にあたる。昭和十五年刊行）の後記に、次のやうにある。「……それから断つておきたいことは、昨年の秋に僕は『くれなゐ』といふ選集を出した。これは『植物祭』、『白鳳』、及びこの『大和』三歌集の中から都合五百首を採つて一冊にしたものだが、妙なことには選集が先に出て『白鳳』や『大和』が後になつてゐたのである。」

つまり、第二歌集と第三歌集を出す前に、第一・第二・第三歌集を併せた自選歌集を出したのである。このずぼらさ、無頼さ、破れかぶれ。それに対応するやうに、作品の質も奔放不羈である（ちなみに「羈」は、しぼりつなぐ意。「不羈」は、綱に束縛されない馬が自由勝手に野に遊ぶさま。前川佐美雄の歌は、この野の馬だ）。

水原秋桜子の作品は、革新的ではあつたけれども無頼なものではなく、上品で行儀がよい。『植物祭』には、いはば超現実的なポエジイがあるが、『葛飾』にはそれがない。それは秋桜子でなく、のちに主として新興俳句の人たちが探求し具現した。いはば『植物祭』は、『葛飾』と新興俳句を合せたやうな作品質を有してゐる。

2

床の間に祭られてあるわが首をうつつならねば泣いて見てゐし

このうへもなき行のただしさはいつか空にゆきて星となりたる

をさならのうた歌ひゐるなかに来てわがするどさのたまらざりしか

胸のうちいちど空にしてあの青き水仙の葉をつめこみてみたし

押入のふすまをはづし畳敷かばかはつた恰好の室になるとおもふ

ふるさとの虚し風呂にはいまごろは薄朱の菌生えゐると思ふ

歌集『植物祭』は昭和五年七月に刊行された。後記によると、大正十五年九月から昭和三年十月までの作品五七五首を収めてゐる。前川佐美雄二十三歳から二十五歳までの作品である。右に引いたのは歌集の初めの方にあるもので、全体のごく一部にすぎないが、『植物祭』の基本的なトーンは大体このやうなものである。のちに述べるけれども、ダダイズムの精神、あるいはシュールレアリスム的詩情といつたものが現れてゐる。また表現のスタイルとしては、かなり口語調である。

時代背景はどうか。大正末期から昭和初期にかけての日本は、左翼思想の勃興と共に、それを制圧するための治安維持法が公布され（大正十四年）、やがて昭和三年と四年に共産党の大検挙が行はれた（三・一五事件、および四・一六事件）。また、昭和二年には山東出兵（中国国民政府軍の北伐進捗に対抗し、居留民保護を名目に出兵した）や、芥川龍之介の自殺などがあり、以前からの不況の深刻化の中で国民のあひだには動揺と不安が漂つてゐた。

前川佐美雄は奈良県の旧家に生れ、十八歳のとき竹柏会に入門、大正十五年（二十三歳）上京し、昭和三年には新興歌人聯盟結成に参加した。したがつて、左翼弾圧の波を身近に見聞しただらう。だが、結局はプロレタリア短歌には同調せず、いはば作品の芸術的自立をめざす立場に進んだ。そのあたりの推移を、木俣修の『昭和短歌史』で確認しておかう。引用が長くなるが、お許しいただきたい。

《これを機に（注＝昭和五年、筏井嘉一が新芸術派短歌の旗をかかげたことを指す）新芸術派動というものが高まって、やがて「芸術派クラブ」というものが生れた。そのメンバーは筏井嘉一・前川佐美雄・石川信雄・小笠原文夫・中野嘉一・蒲地侃・木俣修らであった。前川は新興歌人聯盟を経て昭和四年、プロレタリア歌人同盟が結成された時に、そのメンバーに加わり、機関誌『短歌前衛』に作品を発表していたが、間もなく脱退して芸術派を称するに至ったものである。プロレタリア歌人としての生活基盤を持たなかった彼としては早晩その派から逸脱せざるを得なかったと思われるが、敏捷に機を見て芸術派に転じたのである。（中略）「芸術派クラブ」の中の前川・石川・小笠原・蒲地・木俣らは昭和五年十二月、短歌作品社をおこし、翌六年一月、雑誌『短歌作品』を創刊した。（中略）彼ら芸術派がどのような作品を示しているかを創刊号のそれによって示して見よう。

野にかへり春億万の花のなかにさがしたづぬるわが姉はなし　前川佐美雄
おうようにひ前つくることをせず裸体となりてわれはむち打たる　小笠原文夫
レエルぞひにゐぞ菊の畑（はたけ）つくられある踏切番はわれの伯父なり　石川　信雄
嘘をいふたのしさにしびれし人間はみそらの星に今ぞひざまづく　木俣　修
涯しなく地のたひらなるを信じたる太古は森に聖火を焚きし　蒲地　侃

こういったものであって、各作者に共通していることは写実的な発想法を無視していることである。生活から全く遊離しているというわけではないが、虚構的な要素が多分にとりいれられていることもその共通的な特質である。要するに人工的な装飾を重んじて何か新しい美しさを追おうとしているところが看取される。文壇の新興芸術派に見られるナンセンス文学的な傾向もまた色濃く見られるのである。》

短歌史だから大まかな叙述だが、前川佐美雄が『植物祭』を出したころの、その前後の熱い流動的な空気が伝はつてくる。

一方で、前川たちのこのやうな行動・作品に対する批判もあつた。それを物語るものの一例として、同著から南正胤の「芸術派短歌の批判」（昭5・8『短歌前衛』）を引いておく。

「芸術派には理論らしい理論がない。彼らは芸術至上主義である。（中略）反動木俣、ドン・キホーテ石川から裏切者（敢て云ふ、没落しただけでなく敵陣営へ走つたから）前川に至る迄の一連の芸術派の眼中には、階級なくプロレタリアートなくたゞあるのは所謂芸術のみなのだ。（中略）プロレタリア的感情の代りに『詩的精神』や『あそび』や『ナンセンス』や『古典精神』やを置き代へようとする者が、プロレタリアートの敵でなくて何だ。」

今このやうな教条主義的な批判を耳にすることはなくなつたが、当時の前川佐美雄はこれをどんな気持で受けとめただらうか。二十七歳の前川は、すでに『植物祭』収録の作品群によつて彼らに背を向け、そのままの姿勢で歩み始めてゐた。

3

『植物祭』の後半に「白痴」と題する一連十一首がある。その中から数首引く。

わが寝てる二階ま下は井戸なれば落ちはせぬかと夜夜（よよ）におそれる
水飲みに夜なか井戸端（ゐどば）に来たわれがそのままいつまで井戸覗きゐる

この家の井戸の底からはわが寝てる二階が何んてとほい気がする
ほんたうの自分はいつたい何人(たれ)なのかと考へつめてはわからなくなる
ひじやうなる白痴の僕は自転車屋にかうもり傘を修繕にやる

作者は「白痴」といふものに興味を持ち、みづから白痴になつたやうな歌を作った。

彼らには白痴のやうに見えるからわれ山越えて行くこともある　『白鳳』
喬木の上にあるのは野がらすか白痴のわれか霜降れば鳴けり　『大和』

このやうに「白痴」といふ言葉を、のちにも使つてゐる。この言葉を作者はどのやうな意味合ひで使つてゐるだらうか。私は西欧のダダイズムを連想する。

「ダダは総力をあげて、いたるところで白痴の復権に努めるのだ。しかも、意識的に、である。そしてみずからもますます白痴になろうと志向する。（中略）ダダは知性の敗北に同情したりしない。ダダはむしろ卑怯だ。まったく怒り狂った犬のように卑怯なのだ。ダダは方法も知らなければ、説得力ある過激さも知らない。」（トリスタン・ツァラ『ダダ宣言』）

そしてツァラは言ふ――、ダダイストの詩をつくるには新聞の記事をハサミで切り抜いて、その記事を一語一語切り離し、それらを袋に入れた後、一つ一つ取り出して、順々に写しなさい、と。例、

「犬たちが　観念に似たダイヤモンドのなか　空中をよこぎっていくとき　そして髄膜の突起が　目

覚める予定の　時刻を示す……」

前川佐美雄の歌は、このやうに破壊的には作られてゐない。ただ、彼の精神は次のやうなダダイズム精神に近いものがあらう。

「ア・プリオリ（先験的）に、すなわち目を閉じたまま、ダダは、行為に先だち、すべてのうえに懐疑を置く。」（『ダダ宣言』）

既成の秩序への反抗・否定、それがダダの思想であり、前川佐美雄はプロレタリア思想との確執の中で、ダダに出逢ひ、ダダ思想への志向を「白痴」の歌に托したのではないか。

4

北窓のあかりのもとに眼はさめてこほろぎの目のあをき秋なり
何んといふ深いつぶやきをもらしをる闇の夜の底大寺院なり
湖(うみ)の底にガラスの家を建て住まば身体うす青く透(す)きとほるべし
貧血をしてゐるとそこらいつぱいに月見草が黄に咲いてゐしなり
草の目玉の碧く澄みくるゆふぐれにわれは草から起きて町を見る
頭垂(た)れてあるきゐる牛や馬なればしろの景色は逆(さか)さまならむ

どれも『植物祭』の歌だが、多かれ少なかれ超現実的な要素がある。感覚の冴えがもたらしたシュールレアリスム的な詩、といふべきだらう。ただ、シュールレアリスムとしてはまだ素朴なものである。これにつづく歌集『白鳳』『大和』『天平雲』には、次のやうな歌が見える。

正午には太陽もまつさをな瓶となつて砂はらの中にじつと動かぬ
川魚のむねをひらいてゐるときに夕虹あがる夕虹のうた　『白鳳』

いし山の石のなかより追ひ出せるしろき魚は月照らしけり
花あかき椿のかげの石を見る石は水を溜めてすでに老いたり
父の名も母の名も忘れみな忘れ不敵なる石の花とひらけり　『大和』

けだものの脚はいよいよ繊ければ日の暮のごとくわれは歎けり
ゆく道の砂あさければ昼の月しろくうすらに懸るあはれさ
西方は十万億土かあかあかと夕焼くるときに鼠のこゑす　『天平雲』

庭の上にひらたく白き石ひとつこの冬の日の耳にあらぬや
この雪は大海のうへにも降りゐむと針の目処ゆくごとく歎かゆ

『植物祭』のころより更に、これらの歌はシュールレアリスムへの強い接近を示し、かつ美的な完成度を高めてゐるのがわかる。

シュールレアリスムとは何か。詩人アポリネールは、この言葉を初めて使つた人物である。彼は言ふ、「写真屋がやるようなやり方で自然を模倣してはならない。人間は歩行を真似ようとして、足とはまったく似ても似つかぬ車輪というものを作った。こうして人間は、それを理解することなしにシュールレアリスムを作ったのである」と。(『ティレジアの乳房』序)

有名な話だが、ロートレアモンは街角に現れた青年の美貌を言ふのに、「(青年は)ミシンと雨傘が解剖台の上で、はからずも出会ったように美しい」と表現した。(『マルドロールの歌』第六歌)

端的にいへば、お互ひに関連のない物(ミシンと雨傘)が、場違ひな一つの場所(解剖台の上)で出会つた時に生じる非日常的な火花――それを美とし、追求するのがシュールレアリスムである。レアリスムは合理的な覚醒した意識的自我を表現の対象とするが、シュールレアリスムは非合理的な混沌とした無意識的自我を表現の対象とする。さまざまな社会的束縛の中で生きてゐる人間を、精神的に解き放ちながら、新たな美の領域を拓く、これがシュールレアリスムの使命であり、目的である。ダダイズムから発展した思想である。

昭和初めにダダとシュールレアリスムの思想が日本に紹介され、人々に大きな影響を与へた。前川佐美雄が具体的にどのやうな形でそれらを吸収したかは不明だが、先に引用した「ひじやうなる白痴の僕は自転車屋にかうもり傘を修繕にやる」の歌など、『マルドロールの歌』をどこかで断片的にでも読んでゐたことを思はせる。歌集を順に見てゆくと、初めはダダ、そして次第にシュールレアリスムに移行してゐるのが感取される。ただ、作者の内部の深いところで、さうした西欧的思想になじまぬ〈大和の血〉も脈うつてゐる。作品が完結を拒むやうにどこかミラクルな印象を湛へてゐるのは、そのせゐだらう。

春の夜のしづかに更けてわれのゆく道濡れてあれば虔(つつし)みぞする　『植物祭』

ひもすがら青葉のおくにねむるゆゑうすぐらい魚の渓水(たにみづ)のぼる　『白鳳』

春の夜にわが思ふなりわかき日のからくれなゐや悲しかりける　『大和』

よろこびの溢(あふ)るるときに歌はむと夕野をゆきぬ月のぼるまで　『天平雲』

さうして西洋と大和の融和したと思へる秀歌は、たとへば右のやうな歌である。

箇条書き佐太郎論

私は三十代になつた頃から佐藤佐太郎の歌が好きになり、何度も歌集を読み返した。計十三冊の歌集があるが、特に『歩道』から『星宿』までの歌集に魅力を感じた。私の歌も、佐太郎の歌から影響を受けてゐる面もあるだらうと思ふ。
この稿は佐太郎の歌の特徴を論じることが目的であるが、紙数が限られてゐるので箇条書ふうに特徴を列挙することにする。

徹底した写実

佐太郎はいはゆる写実系の歌人である。その写実は簡明で力強い。そして、歌に情緒的なものがまつはるのを避けようとする傾向が見える。斎藤茂吉の開拓した写実の世界を、より深く掘り下げた人と言つてよいだらう。例歌を挙げる。

曇(くもり)より光もれ来(く)るひとときや部屋にゐる吾(われ)あらはになりぬ　『歩道』

檜の幹あかがね色のあらはれて雨にぬれをり寒き日すがら　『しろたへ』

わが来たる浜の離宮のひろき池に帰潮のうごく冬のゆふぐれ　『帰潮』

「浜の離宮」は、東京都中央区の海辺にある「浜離宮」のことで、園内に海水を引き入れた庭園である。帰潮は、引き潮のことを言ふ。ゆつたりした速さで海へ戻つてゆく潮の様子を、「帰潮のうごく」といふ端的な言葉でみごとに表現してゐる。

屋根のうへに働く人が手にのせて瓦をたたくその音きこゆ　『群丘』

氷塊のせめぐ隆起は限りなしそこはかとなき青のたつまで　『冬木』

網走の流氷を詠んだ作。せめぎあひながらオホーツク海にひろがる白い流氷が、その下にある海の色をかすかに帯びてゐる様子を、「そこはかとなき青のたつまで」と表現してゐる。

冬山の青岸渡寺の庭にいでて風にかたむく那智の滝みゆ　『形影』

夕光のなかにまぶしく花みちてしだれ桜は輝を垂る

冬の日の眼に満つる海あるときは一つの波に海はかくるる　『開冬』

作者は、大波の寄せてくる海辺に立つてゐるのだらう。海全体を隠してしまふほどの巨大な波が眼前に立ち上がつた瞬間をとらへてゐる。写実の凄さを感じさせる歌である。

佐太郎の写実の特徴は、「限定」といふ語で理解できるだらう。佐太郎自身、次のやうに述べる。《無限に複雑し流動している現実の空間と時間の中から、核心とか秩序とかいう詩の原像を観るには、限定する威力の厳しさがなければ出来ないのではなかろうか。一般に表現はすべて限定する事だと言ってもよいが、短歌においては「限定」という事が積極的な態度として要求されるのではなかろうか。短歌表現のあらゆる問題は限定しようとする意力の問題として見ることも可能である。集中とか単純化とかいう大切な問題はみな限定に向かう意志であるといってもよい。》(角川選書『短歌を作るこころ』、第五章「純粋短歌」より)

省略の巧みさ

佐太郎は省略表現のうまい歌人である。必要のないことは、極力、歌から取り除いてある。以下、その例を少し挙げよう。

薄明(はくめい)のわが意識にてきこえくる青杉(あをすぎ)を焚く音とおもひき　『歩道』

薄明は「明けに薄(せま)る」、つまり明け方のこと。まどろみの中で、ものを焚く音を聞きとめ、それが青杉の燃える音であることを感じた、といふやうな歌である。竈(かまど)の火か、あるいは誰が焚いてゐるのか、さういふ雑多な事柄をはぶいて、青杉の燃える音をクローズアップしたのである。

秋曇ひくくわたれる群丘のひとつの丘にわれは立ちゐつ　『群丘』

丘の名前（地名）が表示されず、また、その丘の具体的な描写もはぶかれてゐる。そのため、歌の内容が単純になつてゐる。広い曇天の下に丘が連なり、その丘の一つに作者が立つてゐる、といふ象徴味を帯びた歌だ。

ただ広き水見しのみに河口まで来て帰路となるわれの歩みは　『天眼』

病気療養のため銚子の病院に入院した折りの作。利根川河口まで散歩し、そこから戻つてくるといふ行動を、何の余剰もなく表現してゐる。

佐太郎の場合、省略表現は前掲の「限定」の意力の強さの現れだと考へることができよう。

ユニークな抽象表現

写実を本領とする歌人でありながら、佐太郎はまた抽象的な歌も得意とした。内面の感情や抽象的な観念などをみごとに表現した歌が少なからずある。

をりをりのわが幸よかなしみをともに交へて来りけらずや　『歩道』

今しばし麦うごかしてゐる風を追憶を吹く風とおもひし　『帰潮』

おもむろに四肢をめぐりて悲しみは過ぎゆくらんと思ひつつゐし

身辺のわづらはしきを思へれど妻を経て波のなごりのごとし　『冬木』
梨の実の二十世紀といふあはれわが余生さへそのうちにあり　『星宿』
暗きよりめざめてをれば空わたる鐘（かね）の音（おと）朝の寒気を救ふ

これらの歌（中には半具象の歌もあるが）、佐太郎が写実一辺倒の歌人でないことを証明してゐる。眼に見えない、五感でとらへられない抽象的な観念も、まるでそれが物であるかのやうに手際よく表現した。

非在の在をうたふ

佐太郎は、そこにないものを敏感にキャッチして詠んだ。いはば、非在のものの存在感をゐがく歌である。

舗道（ほどう）には何も通らぬひとときが折々ありぬ硝子戸（がらすど）のそと　『歩道』
冬曇ひくくわたれる沖の海に掌（てのひら）ほどのたたふる光　『しろたへ』

「掌ほどのたたふる光」といふ表現によつて、上空の厚い雲の中に隠れてゐる太陽の存在を感じさせるところが独特である。

苦しみて生きつつをれば枇杷（びは）の花終りて冬の後半となる　『帰潮』

花の終つた枇杷の枝が、そこにあつた花の存在を感じさせるやうにできてゐる。後ろの「憂なくわが日々はあれ紅梅の……」の作も同様である。

白藤(しろふぢ)の花にむらがる蜂の音あゆみさかりてその音はなし　『群丘』
憂(うれひ)なくわが日々はあれ紅梅の花すぎてよりふたたび冬木　『冬木』
杖ひきて日々遊歩道ゆきし人このごろ見ずと何時人は言ふ　『星宿』

老いて衰へた体で散歩する自分が、いづれこの遊歩道から姿を消す日を想像してゐる。これは、いはば「在の非在」を詠んだ歌と言へよう。怖い歌であり、本人が亡くなつたあと、怖さはいつそう増してゐる。

時間語の多さ

朝とか、冬とか、折々とか、いはゆる時間を表す言葉が佐太郎短歌には多い。他の歌人より多いだらうと思ふ。右に挙げた二十数首の歌を見るだけでも、そのことが分かる筈である。もう一首挙げる。

秋分の日の電車にて床(ゆか)にさす光もともに運ばれて行く　『帰潮』

佐太郎の写実は、空間に対する眼差しだけでなく、時間に対する眼差しが強く働いてゐる。佐太郎の歌が平面的でなく奥行きがあるのは、その時間への眼差しがあるためであらう。

言葉はのろく

佐太郎はその著『短歌作者への助言』の中で、例へば「榛の木に烏芽を嚙むころなれや雲山を出でて人畑をうつ」のやうなせかせかした歌を否定し、「若松の芽だちの緑長き日を夕かたまけて熱いでにけり」のやうな息の長い歌を良しとした。

同著で佐太郎は、短歌表現の根本になるのは《ことばをのろく使うこと》だと述べてゐる。そして、佐太郎の歌はそれを実践し実現してゐる。注意して読めば、一流の歌人はみな言葉をのろく使つてゐることが分かるが、そのことの重要性を文章で明言したのは佐太郎だけではなからうか。

励ましの文学―宮柊二の歌世界―

宮柊二は長岡中学時代に初めて短歌を作り、相馬御風主宰の歌誌「木蔭歌集」に投稿した。地元の新潟県糸魚川で発行されてゐた歌誌である。のち上京して新聞配達などの仕事をしながら北原白秋門下となつた。昭和十年、歌誌「多磨」に出詠し、白秋のもとで歌を磨いていつた。

昼間みし合歓のあかき花のいろをあこがれの如くよる憶ひをり
接吻をかなしく了へしものづかれ八つ手団花に息吐きにけり
角吹きて踊るヂプシーの絵を見れば流浪といふも怡しきに似つ

白秋の影響で歌は浪漫性を帯びたものが多かつたが、昭和十四年に白秋のもとを辞去し、作品の上でも新境地を目指した。勤め先の川崎工場地区の作品も出てくる。

日蔭より日の照る方に群鶏の数多き脚歩みてゆくも
加熱炉の口に燃えたる赤き舌日の照る庭をへだてわが見つ

かうした写実的要素の強い歌によつて、柊二は白秋的な美の世界から脱皮した。巨視的に見ると、新詩社系の浪漫的な作品に、現実の手触りを力強く刻印したのである。白秋に学んだ歌と、そこから脱皮した歌とが、共に歌集『群鶏』の中で息づいてゐる。

昭和十四年、宮柊二は一兵卒として大陸に出征した。所属部隊は中国・山西省で行動したが、そこは八路軍の勢力の強い山地乾燥地帯であつた。四年間、その地で体験した戦争の実態をリアルに詠み継いでいつた。『群鶏』時代に獲得した写実的方法がここで生きた。

おそらくは知らるるなけむ一兵(いつぺい)の生(い)きの有様(ありざま)をまつぶさに遂(と)げむ
ねむりをる体の上を夜の獣穢(けものけが)れてとほれり通らしめつつ
軍衣袴(ぐんいこ)も銃(つつ)も剣(つるぎ)も差上げて暁(あかつき)渉る河の名を知らず
耳を切りしヴァン・ゴッホを思ひ孤独を思ひ戦争と個人をおもひて眠らず

無名の兵卒として戦闘に直接参加し、苛酷な体験を詠んだ切実でなまなましい『山西省』の作品群は、多くの人々の胸を打つ戦争文学となった。

戦後、新しい時代の思想に便乗する文学者が相次いだけれど、柊二は、戦場で一兵卒の立場を貫いたやうに、戦後は一庶民の立場に立つて歌を詠んだ。

たたかひを終りたる身を遊ばせて石群れる谷川を越ゆ
焼跡に溜れる水と帚草そを囲りつつただよふ不安
一本の蠟燃しつつ妻も吾も暗き泉を聴くごとくゐる
英雄で吾ら無きゆゑ暗くとも苦しとも堪へて今日に従ふ

これら『小紺珠』の歌群には、戦後の日本人の精神的虚脱や、そこから立ち直らうとする強い意志や、また現実の苦しい生活などが描き出されてゐる。戦後を生きてゆく一人の生活者といふ低い姿勢で詠まれた、純度の高い抒情作品は燦然と光を放つてゐる。

戦後まもなく、いはゆる第二芸術論の嵐が吹き荒れた。短歌・俳句の、作品における発想の古さ、抒情の湿潤性、知性の希薄さ、などが批判されたが、柊二は論を立てるよりも実作で批判に応へようとした。

金色に砂光る刹那刹那あり屋出でて孤り立ちし広場に
ふぐり下げ歩道を赤き犬はゆく帽深きニイチエはその後を行く
さ庭べに夏の西日のさしきつつ「忘却」のごと鞦韆は垂る

例へばこのやうな作品が、第二芸術論に対する柊二の自己改革の意識から生まれた歌であらう。歌集『晩夏』のこれらの作は、柊二の作品史から見ると、一種の改革期・変調期の様相を呈してゐる。

そのあと、

つらなめて雁ゆきにけりそのころのはろばろしさに心は揺ぐ
わがよはひかたぶきそむとゆふかげに出でて立ちをり山鳩啼けり
あたらしく冬きたりけり鞭のごと幹ひびき合ひ竹群はあり

試行錯誤をくぐり抜けて柊二は調和を取り戻し、より格調の高い歌に到達したことが、これら『日本挽歌』の歌から分かる。

昭和二十八年、柊二は「コスモス」を創刊した。そして創刊号に書いた「みづからの生の証明を」といふ短い文章で、作歌の理念を簡潔に述べてゐる。

「われわれは作品によつてみづからの生を証明したいと思ひます。／われわれは内と外とにおける時間の推移を作品から遁さないと共に、また現在が抱いてゐる筈の永遠質をも注目して把へたいと思ひます。／更に加へますならば、われわれがいかなる時代の生命者であるかを、作品発想の基底において自覚してゐたいとおもひます。その意味で批判精神を衰へさせない決心です。（下略）」

この「生」は、個々の生活や個々の生命の謂(いひ)であるが、それは時代と共に変化する、といふ認識がある。「現在が抱いてゐる筈の永遠質」とは広義の美を指す言葉であらう。以後の柊二の作品活動は、ここに述べた理念を多面的に実現したものと言へよう。

さまざまに見る夢ありてそのひとつ馬の蹄を洗ひやりゐき
空ひびき土ひびきして吹雪する寂しき国ぞわが生れぐに
風かよふ棚一隅に房花の藤揉み合へばむらさきの闇
過ぎゆきしかなしみごとを木の実拾ふ思ひに似つつ偲ぶときある

素材は多岐にわたり、詠み方も柔軟で幅がある。美を大切にしつつ美意識に流れず、現実に即して人間の真実の声を響かせてゐる。

老びとの増ゆといふなる人口におのれ混りて罪の如しも
峡沿ひの日之影といふ町の名を旅人われは忘れがたくす
そよ、子らが遊びのままにつもる塵白雲かかる山となるまで
わが歌は田舎の出なる田舎歌素直懸命に詠ひ来しのみ

晩年は、老いと病苦から来る悲調と、童のやうな無邪気とを含む、自在で広やかな歌境を見せた。創刊号の「みづからの生の証明を」といふ宣言は、コスモス会員を励まし、奮ひ立たせた。そして柊二の歌は、「私はかう生きた。貴方も頑張つてください」と励ましてゐるやうに見える。いはば、励ましの文学と言へさうだ。

なほ、柊二は大和言葉（和語）を使つた秀歌も多数あるが、同時に漢語の好きな歌人だつた。

怒をばしづめんとして地の果（はて）の白大陸暗緑海（しろたいりくあんりよくかい）をしのびゐたりき

青春を晩年にわが生きゆかん離々（りり）たる中年の泪（なみだ）を蔵（ざう）す

われと妻壮（さう）の二人が働きて老二人憩ひ少三人（せうみたり）学ぶ

漢語が生き生きと使はれた歌である。柊二は、漢文漢詩の素養がある人だつた。最後に、そのことを物語るエピソードを一つ。

昭和五十一年、大阪の蒲池由之さんが歌集出版のために上京し、宮先生に題字を揮毫していただくことになつた。たまたま私も先生のお宅に居合はせた。

蒲池「歌集の題名は〈氷心〉にしたいと思ひます。王昌齢の詩から採りました」

宮「さうかね、ちよつと待つてくれ」

書斎に引つ込んだ宮柊二はまもなく漢詩大系の一冊、といふやうな書物を手にして戻つてきた。そして色紙に、「寒雨連江夜入呉／平明送客楚山孤／洛陽親友如相問／一片氷心在玉壺」といふ詩（原文四行）を筆で書いて、蒲池さんに渡した。王昌齢の「氷心」、さう言つただけで直ぐ出典が分かるのが驚きだつた。また「氷心」といふ文字のために、詩一篇を全て書いたことにも驚いた。

話は飛躍するが、漢詩から摂取した力強いリズム感が宮柊二の歌の骨格になつてゐるかもしれない、と今ごろになつて思ふ。

葛原妙子と安永蕗子—対照的な二歌人—

1

葛原妙子、安永蕗子。どちらも私の好きな歌人である。二人とも、昭和三十年代のいはゆる前衛短歌運動の、その中心近くにゐた女性歌人であり、その後一層独自の歌風を展開した。前者は明治四十年生れ、今はもう世に亡い。後者は大正九年生れ、現在も活躍中。二人の歌風はかなり対照的なところがある。

私の歌作にさまざまな示唆を与へてくれた二人の歌を読み直し、これまで漠然と感じてゐたことを、改めて考へてみたいと思ふ。

葛原妙子は歌集『橙黄』『縄文』『飛行』『薔薇窓』『原牛』『葡萄木立』『朱霊』『鷹の井戸』があり、安永蕗子は歌集『魚愁』『草炎』『蝶紋』『朱泥』『藍月』『讃歌』『水の門』『くれなゐぞよし』『閑吟の柳』がある。それぞれの歌集から、一首づつ秀歌（ことに私の好む歌）を抄出してみよう。葛原妙子から八首、安永蕗子から九首。

水かぎろひしづかに立てば依らむものこの世にひとつなしと知るべし
ヴィヴィアン・リーと鈴ふるごとき名をもてる手弱女の髪のなびくかたをしらず
典雅なるものをにくみきくさむらを濡れたる蛇のわたりゆくとき
貝殻のひかりとなりし月の尾根われの死後にも若者は生きよ
美しき球の透視をゆめむべくあぢさゐの花あまた咲きたり
みちのくの岩座(くら)の王なる蔵王(ざわう)よ輝く盲(めしひ)となりて吹雪(ふぶ)きつ
雲南の白き翡翠をもてあそびたなごころ冷ゆ天日(てんじつ)は冷ゆ
大き鷹井戸出でしときイエーツよ鷹の羽は古き井戸を蔽ひしや

妙子

＊

風あらき夕べ飛翔のかたちして禽が翼を展く籠(こ)のなか
石蕗(つは)の葉のみどりに宿る夕日かげ我にも及ぶ円光ならず
夜の雨の深まるときに古木立無名の魂(こん)のごとき輝(て)りいづ
現し身を組む長短の骨ありて陽(ひ)の白坂(しらさか)を下る密けし
藍はわが想ひの潮(うしほ)さしのぼる月中の藍とふべくもなし
くもり日の静かにあれば一椀の粥を濁して立冬は来る
天球のあはれ一処と思ふべく水のほとりの吾と葦牙(あしかび)
尾を曳きて近づく星のいつ知らず去りしその後の庭萩の揺れ

蕗子

雪の座に招をぐべき神の小さければひとつ残りし南天の朱

もし、妙子三十首、蕗子三十首といつたやうな選抄を行ふとしたら、右の歌はその中にぜひ入れたい——そんな愛着のある歌である。

どの歌も美しい。たとへ「典雅なるものを憎みき」とあつても、その歌じたいが美しい。歌の内容の美しさ、歌の姿の美しさ。厳密に言へば、内容が美しいのではない。姿の美しい歌が、その歌の内容をも美しくするのだと思ふ。

美しい歌。現在はさういふ歌がさほど積極的に評価されてゐないやうに見えるが、これは私の思ひ過ごしだらうか。ふと、植物のことを考へる。

向日葵、鉄線……

荒地野菊、豚草……

それぞれに特徴のある植物であり、それぞれに見どころがあらう。荒地野菊も豚草もそれなりに可愛い。けれども私は、それらが向日葵や鉄線よりも魅力的だとは思はない。妙子・蕗子の歌は、いはば向日葵とか鉄線とか、美しい大輪の花の方に属するだらう。美しくて悪いわけはない。大きくて悪いわけはない。

2

妙子の歌と、蕗子の歌は、しかし色々な相違点がある。まづ妙子の歌は、かなり破調が多い。蕗子の歌は殆んど破調が見られず、定形をきちんと守つてゐる。

晩夏光おとろへし夕　酢は立てり一本の壜の中にて　　妙子

こんな極端な破調が少なからずある。葛原妙子の頭脳は一体どんな構造になつてゐるのか。読者として私は途方にくれることがしばしばあつた。だが、例へば初めの八首などを見ると、多くは整然たる定型美（韻律美）を湛へてゐる。妙子の歌の基本は、定型なのだ。ただ、表面的に五七五七七の定型に合はせるのとは違つた、何か内面的・生理的自然さのある発声法に従つてゐるのだらう。

蕗子の歌は、折り目正しい。現代において、これほど定型を固守してゐる人も珍しい。この点で二人は対照的である。定型意識の強さが、それぞれ別のかたちで現れたのだらう。

歌の用語を見ると、妙子は和語を活かしつつカタカナの外来語を自由に取り込んでゐる。蕗子は外来語を殆ど用ゐず、代りに漢語を愛用してゐる。少し例をあげると、

夜の海森のごとくに鳴りをればノートルダム、と誰かは呟く　　妙子
ビザンティン光（くわう）といへる微光のありとしてうちかさなりし朴のしらはな

生きてはや左右なき我を明うする一燈一朱寒夜の机　　蕗子
しばしばもわが目愉しむ白昼の天の瑕瑾のごとき半月

用語の違ひは、作品に二つの違ひを生じてゐる。一つは調べの違ひ。もう一つは、作品内容の違ひ（つまり、素材・テーマの違ひ）。

Ⓐ妙子の歌は、調べがゆつたりと茫洋としてゐる。蕗子の歌は、小刻みで軽快な調べ。

Ⓑ妙子の歌は、古今東西の文化を自由に往き来する。蕗子の歌は、主としてわが国の文化（及び東洋の文化）の範囲内でうたはれる。

3

うはしろみさくら咲きをり曇る日のさくらに銀の在処おもほゆ　　妙子
絹よりうすくみどりごねむりみどりごのかたへに暗き窓あきてをり
鳥は秀波魚は藻波に眠りたるあはれ浄夜のこともみじかし　　蕗子
百里またたのしき射程檄なども肥州草生に読めば恋文

これら僅かの引用例だけでなく、二人の数多くの歌を思ひ浮べつつ言ふのだが、妙子の歌は単純で一首の意味量が少ない。蕗子の歌は複雑で屈折があり、一首の意味量も多い。俗つぽい言ひ方をすれば、妙子の表現はズバリ型であり、蕗子の表現は、詰め込み型、こまやか型である。
用語の違ひが右のⒶの違ひを生む、と述べたが、もつと大きな要素は、一首に盛り込む意味量（情報量といつてもよい）の多さ少なさだ。妙子は、あまり歌に意味を詰め込まない。一方、蕗子の歌は頭のてつぺんから爪の先まで、こまごまと有意の言葉が詰まつてゐる。そのことが二人の歌の調べの違ひとなつて現れてゐる。蕗子は、この世に執着する。それゆゑに歌が、こまごました丁寧な表現になるのだらう。

4

ひとの世に混り来てなほうつくしき無紋の蝶が路次に入りゆく　　蕗子
海紅豆咲きて散りゆくとめどなき世の累積も踏めばくれなゐ
されば世に声鳴くものとさらぬものありてぞ草のほととぎす咲く
目に見えて蝶のいのちのまどかなるうす紫は世を淡くする

どの歌にも「世」といふ語が用ゐられてゐる。蕗子の愛用語らしい。生物と無生物が在つて、時間が流れ、生と死があり、出会ひと別れがあり、存亡ただならぬ場所。それが「世」である。蕗子の歌には、世に在ることの哀しみの情、世に在るものたちへの愛しみの情がにじんでゐる。彼女は、世の変転の秩序を悲しみながら、自分を秩序の中に封じ込める。さうして、いつたんその秩序を壊して、再びやはらかく元の秩序に組み戻す。元通りに見えて、どこか違ふ秩序——蕗子の手によつて優雅に再構成され、浄土的な性格を与へられた秩序——それがすなはち彼女の抒情歌の中の空間である。蕗子の歌の美しさは、この世を否定する情の強さに比例してゐると思はれる。一方、妙子はどうか。

縄の文父にはなきやまはだかに立ちてあゆめるこどもになきや　　妙子
カーネーション薔薇牡丹の蒸るる中死は硬直をいそぎてゐたり
ひとひらの手紙を封じをはりしが水とパンあるゆふぐれありき
坂の上にしづかなる尾を垂れしとき秋の曇天を魚といふべし
火葬女帝持統の冷えししらほねは銀麗壺中にさやり鳴りにき

妙子の歌を抒情的と呼ぶのは、ためらはれる。瞑想の中から生れた認識の歌、といふおもむきのある彼女の作品群は、〈見者の歌〉と呼ぶのがふさはしいだらう。〈見者〉とは、見る人ではなく、むしろ世界を見るために瞑目する人である。〈見者〉は、世の秩序を自由に超える。空間の中に、時間の中に、裸形で佇つ生命者——それが〈見者〉妙子である。

黄色(わうじき)の悲——馬場あき子論——

たとへば電車の中のこと。足を組んで坐つてゐる男を見ると、邪魔だな、と思ふ。気になつて仕方がない。キミそれやめてよ、と言ひたくなる。しかしよく考へてみると、昔から電車の中で足を組んで坐つてゐた奴はゐたはずで、そのころは何も気にならなかつた。つまり自分が年を取つて気難しい人間になつたのだ、といふことに気づく。その男に近寄つて、低い声で「足組むと邪魔になるけん、やめてくれんかのう」と方言で注意したらどんな顔をするだらう、とそんなことを想像して自分の心を少し慰める。このごろは、さういふことの繰り返しである。

人生はだんだん機嫌わるきもの桜はちりてまなこ衰ふ　『青椿抄』

だから、こんな歌が身に沁みる。誰のせゐでもないけれど、眼が衰へて物がよく見えないし、桜が散るのも早くなつたやうな気がする、といふ嘆きをしてゐる歌だらう。

馬場あき子、昭和三年生まれ。計算すると、今年七十一歳だ。え？　馬場さんも七十代に入つたのかと驚いた。きびきびした立ち居振る舞ひ、花のある雰囲気、張りのある声などを思ひ浮かべると、とてもその年齢には見えない。今の時代は、七十代そのものが生命的にまだ若いのだ。馬場さんはその最上の例と言へよう。

『飛種』平成八年刊。

『青椿抄』平成九年刊。

最新歌集はこの二冊である。『飛種』は第十五歌集で平成五年から六年の作を収め、『青椿抄』は第十六歌集で平成三年から六年の作を収めてゐる。ちよつと変則的な出し方だが、ともあれ作者六十三歳から六十六歳の作がこの二冊に入つてゐる。それ以降の作は未刊だから、本当の〈馬場あき子の七十代〉を歌集で読めるのはまだ先のことだ。今はとりあへず作者の六十代を読むことにする。

小田急に乗せても元気で咲いてゐるうめもも連れてちよつとそこまで　『飛種』

梅の花、桃の花を抱へて小田急に乗つてゐる。連れて、と言つてゐるから、可愛い童女を連れてゐるやうな気持ちなのだろう。楽しい歌だ。「ちよつとそこまで」といふ言ひ方が作者の若やいだ心を物語つてゐる。

天竺からみれば第三セクターのやうな大和のほとけほほゑむ　『飛種』

国や地方公共団体（第一セクター）と、民間（第二セクター）が共同出資した公共事業体が第三セクターである。人口の少ない辺鄙なところを走つてゐるのが第三セクターの鉄道であり、そのイメージを生かして歌が作られてゐる。確かに仏教の起こつたインドから見れば、日本はその波紋の届いた最果ての地である。しかしそんなことは我れ関せず、大和の仏たちは静かなほほゑみを湛へてゐる、といふユーモア漂ふ歌だ。

あめんぼは輪をもてコールするといふついついつーい打ちかさなれり　『青椿抄』

静かな水面にあめんぼが仲間と交信する水の輪が広がり、重なり合ふ。「ついついつーい」は、その水の輪の動きを描いた的確なオノマトペである。これまで馬場あき子の歌にあまり登場しなかつた「コール」といふカタカナ語と、そして見事なオノマトペによつて軽快な楽しい歌になつてゐる。あの不機嫌を、みづからの楽しい歌で癒やしてゐると考へてもいいだらう。

作者自身「平成になってからだろうか、口語脈がしきりに入りこむようになり、文語脈と共存することが多くなった」（『飛種』あとがき）と言つてゐるやうに、少しづつ口語やカタカナ語が歌に入つてくるやうになる。時代の流れに自分から一歩近づいたとも考へられるし、また表現道具を増やして楽しんでゐるとも考へられる。

古典を下敷きにした歌作りは、ずつと以前からの特徴の一つで、この時期もそれが見られる。

斉明四年霜月青の海と空　人は椎の葉に飯を置きたり　『飛種』

斉明天皇の四年（西暦六五八年）、謀反を企てたといふ名目で処刑された有間皇子を詠んでゐる。「皇子は」とせずに「人は」としたのは、一人の無名の青年として描きたいといふ気持ちからであらう。

植木屋はわれを頼めて来ぬ男ぼうたん植ゑにまだまだ来ない　『青椿抄』

「頼めて」は頼りに思はせて、の意。この一首は、梁塵秘抄の歌謡「我を頼めて来ぬ男。角三つ生ひたる鬼になれ。さて人に疎まれよ。（下略）」を踏まへてゐる。約束しながらやつて来ない植木屋をなじつてゐる歌だが、なじりながら親しみの気持ちが滲み出てゐるのが面白い。「植木屋は枝切り男風男花咲爺にあらぬが憎し」（『飛種』）といふ歌もあり、これも中世歌謡の口調で出来てゐる。

春近き潮とほり過ぎ蛸壺の蛸のゆめ二三本の足をこぼせり　『青椿抄』

芭蕉の「蛸壺やはかなき夢を夏の月」（『猿蓑』）を思はせる作。後ろに「雪晴れは藍に昏れそめ海鮮料理店の蛸の水槽蛸ひとつ消ゆ」といふ歌があるけれど、この歌では海中の蛸壺にゐる蛸を想定してゐるのだらう。蛸壺にすつぽり身を隠して、そこから僅かに足が二三本出てゐるさまを「足をこぼせり」と表現したのが巧みである。作者の想像力の豊かさを感じさせる歌だ。

このやうに古典を下敷きにした作品は、本歌に気づく楽しみ、及びその本歌をどのやうに取り入れてゐるか（あるいは本歌からどのやうに離れてゐるか）を読む楽しみがある。ただし、これは読者に古典の教養がないと成り立たない世界である。私などが気づかない本歌取りがまだ他にあるだらう。

本歌取りではなささうで、しかし分かりにくい歌も散見する。たとへば、沙羅の枝に蛇脱ぎし衣ひそとして一夜をとめとなりゆきしもの　『青椿抄』

上句は、沙羅の枝に蛇の脱いでいつた衣がひつそりと残つてゐる、といふ情景だ。しかし下句がよく分からない。単に、脱皮した蛇が乙女のやうにみづみづと枝を這つていつた、といふことだらうか。あるいは文字どほり、蛇が乙女になつたといふ解釈もあらう。さうなると、これは妖しい異種変身譚となる。この方が面白い歌になるかもしれない。

分かりにくいといふのではなく、言葉づかひの新鮮さに虚を衝かれる歌もある。

いかなるや藤原前期弥陀三尊山にゐてふくらかに石より出でつ　『飛種』

豊後臼杵での作。長いあひだ山中に石としてあつたものが、いはゆる美術史の藤原時代前期に、山から切り出され、ふくらかな石仏（弥陀三尊）となつた、といふ歌だらう。この「山にゐてふくらかに石より出でつ」といふ措辞が素晴らしい。

地震（なゐ）に覚めて木犀の夜の静かなる匂ひあかりに逢ふはさびしき　『青椿抄』

この「匂ひあかり」は造語だらうか。闇の中で手探りで動いてゐると、匂ひといふ明かりに逢つた、といふ意味である。斬新な言葉づかひだ。

さて馬場あき子は、ずつと以前から旅を好み、しかも旅すれば必ずといつていいほど優れた旅の歌を残した。この二冊の歌集もその例にもれない。今まで挙げた歌の中にも旅先で得た作が混じつてゐるが、この時期の最も大きな旅はトルコ方面への旅行で、その折りの作が『飛種』に収められてゐる。

糸杉は太りしばしばも道に立ち人死ねば柩となるをトルコに

大河のやうなトルコの歴史のかたはらにただ耕して生きしも歴史

空へ空へとアテネ神殿の柱伸び風は崩壊を美しくする

キャラバンサライに秋うつすらと空気澄みてトルコを過ぎてゆきし文物

異国の風物の表面を掻い撫でしたやうな観光の歌ではない。その地に生きた無数の人々、その地を過ぎた長い時間をとらへようといふ明確な意識があり、それが歌を大きく深くしてゐる。

作者は先に（平成元年）父を亡くしたが、それに続いてこの時期、身近な人々を失つた。『飛種』には継母の死が含まれ、『青椿抄』には喜多桂子といふ永年の親友の死が含まれてゐる。また、トルコ旅行は、前年その地で事故死した義妹への思ひを抱いての旅であつた。

あかひとで身におしひしぎ貝を食ふゆるき時間の生きの緒の音　『飛種』

赤ヒトデが貝の上にかぶさり、貝を殺し、その身をじりじりと食つてゐる。生が死を噛み、死が音を立ててゐる。そんな様子を見つめてゐる恐ろしい歌だ。

褐の山くれなゐの山なかんづく姨捨は黄色(わうじき)の悲を発光す　『青椿抄』

褐色(かちいろ)の山、真紅にもみぢした山、それら信州の山々の中で姨捨の山は華麗な黄色にもみぢしてゐる。その色は美しすぎて、作者の目には生きることの悲哀を象徴してゐるやうに見えたのだらう。重く深い感慨を秘めた歌だ。

重い歌、深い歌、軽快な歌など、いろいろな歌が混じり合つてゐる。「なぜか死者を見送る歳月に洗われながら、歌に静かな明るさが生まれている」（『青椿抄』あとがき）と述べてゐるけれど、その明るさは〈暗〉を押し返し、〈不機嫌〉をなだめたあとの蜜のしたたりでもあらう。

虚言のひかり——寺山修司の歌——

五十歳といふのは年寄りだと思つてゐたが、いま自分がその五十歳になつてしまった。人間として成熟したかと言へば、ぜんぜんそんなことはない。私の中にゐるのはまだ、四国育ちの世間知らずの臆病なガキである。馬齢をかさねる、といふ言葉が実感となつて浮んでくる。しかし十代、二十代で魅力的な歌を作り、そしてさつさと歌をやめ、わづか四十八で亡くなつたあの寺山修司は、馬齢などと無関係の人であつた。

昭和三十九年の秋、私は「コスモス」に入つて持続的に歌を作り始めた（それ以前から朝日歌壇に投稿してゐたが）。まもなく塚本邦雄・岡井隆などいはゆる前衛短歌の作品を読むやうになつた。寺山修司の歌に出会つたのもそのころである。おもに啄木、白秋、茂吉、迢空、柊二といつた人びとの歌を勉強してゐた私にとつて、彼らの歌はまことに斬新であつた。たちまち惹きつけられていつたが、ただ、反応の具合は同じではない。塚本短歌は快い毒を以つて私の心を魅惑し、私はその歌を無意識に模倣した。岡井短歌はそのすぐれた音楽性によつて私を引きよせ、その強い抽象性・観念性によつて私を立ちどまらせた。寺山短歌はどうだつたか。私は全面的に共鳴し、たのしんだ。時代が生んだ多数の向都離郷者の一人である私は、その典型ともいふべき寺山修司の歌に忽ちなじんだ。斬新でありながら親しみやすい、といふ点で寺山短歌は他の歌人より際だつてゐたと思ふ。

その後、塚本の歌は変化し、岡井の歌も変つていつた。だが寺山の歌は変らなかつた。なぜなら、私がその歌に出会つたころ、すでに寺山は歌を捨ててゐたからである。

余談だが、私は寺山氏に会つたこともなく、その姿を直接見たこともない（テレビで二、三回見たことがある程度）。歌をやめた歌人には余り興味がなかつた。だがその歌は好きである。ナマの寺山修司を知らずその歌を愛読してゐる読者は、今たくさんゐるだらう。私はさういふ読者の中で、たぶん最も古い世代の読者である。

＊

森駈けてきてほてりたるわが頬をうずめんとするに紫陽花くらし

わが通る果樹園の小屋いつも暗く父と呼びたき番人が棲む

海を知らぬ少女の前に麦藁帽のわれは両手をひろげていたり

そら豆の殼一せいに鳴る夕母につながるわれのソネット

夏川に木皿しずめて洗いいし少女はすでにわが内に棲む

ころがりしカンカン帽を追うごとくふるさとの道駈けて帰らむ

ふるさとの訛なくせし友といてモカ珈琲はかくまでにがし

たとへば初期にこのやうな歌がある、ここに出てくる「われ」はどんな生活の場にゐるのだらうか。地方にゐるのか、都会にゐるのか、はつきりしない。森とか果樹園などが出てくるから地方にゐるやうでもあり、また「ふるさとの道駈けて帰らむ」とあるから離郷して都市に住んでゐるやうでもある。これらは実は高校生時代の作だといふから（それにしては何と完成度の高い歌だらう！）、故郷青森での作である。しかし、果樹園に棲む「父と呼びたき」番人は、どこか西欧文学の匂ひがする。「ソネット」も「モカ珈琲」もさうだ。そのために作者が地方でなく都市に属してゐるやうな錯覚を与へる。

いや、それよりも作者は始めからどこにもゐない――と考へる方が良さそうだ。もつと正確にいへば、寺山本人は或る場所にゐても、作者寺山はその居場所を超越した地点にゐるのだ。「われ」は作者によつて創り出された――たぶん実際の寺山修司に似てゐながら本質的には別個の――人物なのである。

寺山は、自然そのものに対しては全くといつていいほど関心をもたない。森、紫陽花、果樹園、そら豆、夏川など、自然の断片は出てくるが、それらはあくまでも歌の背景をなすものに過ぎず、一首の中心には常に人間が存在してゐる。さうしてしばしば、自然のかけらも出てこない人間描写だけの歌も作られる。人間の心理、感情、ドラマ、さうしたものだけが寺山修司の表現の対象であつたと言つていい。歌詞つきの唄を聴いてゐると、演歌でもニューミュージックでも、（たぶんオペラでも）必ずといつていいほど人間が登場する。自然は補助的な道具だてにすぎず、主役は人間である。演劇

――ドラマも同じである。寺山の歌は、いはば唄の歌詞であり、ドラマのシナリオである。
さて、歌を見る。紫陽花に頰をうづめたいと思ふ若いセンチメンタリズム、番小屋の男をひそかに父と呼びたいと思ふ妖しく切ない心、あるいは海を知らない少女の前で両手をひろげて海の大きさを教へようとする少年の心のほてり……どの歌も、若い繊細な心のひだをみごとに表はしてゐる。人間の内面のいちばん柔かい部分に、語りかけてくる歌である。
「母につながる」とは、何をうたつても自分の歌の遠景には母が立つてゐる、といふやうな意味合ひだらう。この母恋ひの情（憎悪が混じつたものであつたとしても）を抱いてゐるとき、人はつねに少年に似た存在である。歌人寺山修司は、初期だけでなく、歌人である間ずつと「少年」の心を持ちつづけた、といふ印象がある。それゆゑに寺山短歌は、さいごまで人間の内面のいちばん柔かい部分に語りかけてくるのだと思ふ。私が若い時だけでなく今でも寺山短歌に親しむことができるのは、その「少年性」のためだらう。むろん「少年」でありつづける寺山は、一方で、成熟した、したたかな表現者なのだが……。

寺山の歌集を読んでゐると、類想歌や類似のフレーズによく出会ふ。その度合がはなはだ激しく、しばしば「おや?」と思ふ。いくつか例をあげよう。

チエホフ祭のビラのはられし林檎の木かすかに揺るる汽車過ぐるたび　　A

すこし血のにじみし壁のアジア地図もわれらも揺るる汽車通るたび　A

＊

言い負けて風の又三郎たらん希いをもてり海青き日は　A

うしろ手で扉をしめながら大いなる嚔(くさめ)一つしぬ言い負け来しか　A

田の中の電柱灯る頃帰る彼も酔いおり言い負けてきて　A

＊

ゆくかぎり枯野とくもる空ばかり一匹の蠅もし失わば　A

頬つけて玻璃戸にさむき空ばかり一羽の鷹をもし見失わば　A

＊

冬怒濤汲まれてしずかなる水におのが胸もとうつされてゆく　A

冬怒濤汲みきてしずかなる桶にうつされ帰るただの一漁夫　A

＊

寝にもどるのみのわが部屋生くる蠅つけて蠅取紙ぶらさがる　A

父となるわが肉緊まれ生きている蠅ごと燃えてゆく蠅取紙　B

生くる蠅ごと燃えてゆく蠅取紙その火あかりに手相をうつす　C

＊

きみのいる刑務所とわがアパートを地中でつなぐ古きガス管　B

雪にふかき水道管もてつながれり死者をいつまで愛さむ家と　B

＊

馬鈴薯がくさり芽ぶける倉庫を出づ夢はかならず実現範囲　B

悪霊となりたる父の来ん夜か馬鈴薯くさりつつ芽ぐむ冬　B

＊

波止場まで嘔吐しもの捨てにきてその洗面器しばらく見つむ　B

洗面器に嘔吐せしもの捨てに来しわれの心の中の逃亡　D

＊

ある日わが欺きおえし神父のため一本の葱抜けば青しも　B

ある日わが貶めたりし教師のため野茨摘まんことを思い出づ　B

ある日わが貶めたりし夫人のため蜥蜴は背中かわきて泳ぐ　B

＊

銅版画にまぎれてつきし母の指紋しずかにほぐれゆく夜ならん　B

亡き母の位牌の裏のわが指紋さみしくほぐれゆく夜ならむ　C

＊

ほどかれて少女の髪にむすばれし葬儀の花の花ことばかな　C

酔ひどれし叔父が帽子にかざりしは葬儀の花輪の中の一輪　D

まだあるが、これぐらゐにしておく（Aは『空には本』、Bは『血と麦』、Cは『田園に死す』、Dは『テーブルの上の荒野』所収の歌）。

類似点のある歌を並べたのは、寺山修司を非難するためではない。なぜこんな重複を寺山が避けようとしなかつたか、を考へてみたかつたからである。

短歌は、現在においてもなほ、多くの作者にとつて自分の体験のストレートな記述であり、自分の感情のストレートな表白である。寺山の歌が作り出された昭和二十年代および三十年代においては、なほさらさうであつただらう。或る人が或る日、或る事物に出会つて心が動く——それが写実的な歌を作る人たちの歌の種子（たね）である。いはゆる一期一会といふヤツだ。写実派にとつて「われ」は不動不朽の殿堂である。その代り、「われ」の外側で生起する事柄はキャッチできない。

寺山には、この確固たる「われ」が存在しない。といふより、それを信じない。彼自身と同一同質の「われ」は、単に一つの通路であり、それ以上のものではない。その通路を通つて寺山は〈人間〉を見に行く。そこで見たものを寺山は「われ」といふ仮称を用ゐて描く。さきに私は、《「われ」は作者によつて創り出された——たぶん実際の寺山修司に似てゐながら本質的には別個の——人物なのである》と書いたけれど、それはこのことである。

通路を通り抜けて、そこで見た人間を一首の中に描き取る。別の日に、「われ」は別の人間を目撃する。かうして、寺山短歌の「われ」は自己同一性をもたない。同じ歌集の中で、或いは別々の歌集同士で、類似のフレーズが頻出するのはその証拠である。一期一会をうたふ短歌なら、こんなことは起こり得ない。もう一度言ふと、寺山の「われ」はあくまで仮称なのである。
さらに付け加へたいことがある。私たちは一冊の歌集を通じてその時期の作者の内面を読み、また全ての歌集を通じてその作者の生涯の思ひを読むことに馴れてゐる。だが、寺山短歌に対して、同じやうな読み方をすると、類想歌や類似のフレーズが邪魔になつてくる。寺山の一首は一冊の歌集である、とまでは言へないけれど、一首一首はそれぞれ独立したミニドラマである、と考へるのがいいのではなからうか。たとへば、

ある日わが欺きおえし神父のため一本の葱抜けば青しも
ある日わが貶めたりし教師のため野茨摘まんことを思い出づ
ある日わが貶めたりし夫人のため蜥蜴は背中かわきて泳ぐ

この三首、「ある日わが〇〇した△△のため」といふワク組みは同じだが、詠み込まれた内容は異る。だから三首は、似たやうな小道具を使つた別々の小さなドラマだと思へばいい。だいいち、さう思はれることを期待してゐるのでなければ、俊才寺山修司が一冊の歌集の中にこんなに似た三首を収める筈がない。

大工町寺町米町仏町老母買ふ町あらずやつばめよ
新しき仏壇買ひに行きしまま行方不明のおとうとと鳥

地平線縫ひ閉ぢむため針箱に姉がかくしておきし絹針
売りにゆく柱時計がふいに鳴る横抱きにして枯野ゆくとき
たつた一つの嫁入道具の仏壇を義眼のうつるまで磨くなり
中古(ちゆうぶる)の斧買ひにゆく母のため長子は学びをり　法医学
亡き母の真赤な櫛で梳きやれば山鳩の羽毛抜けやまぬなり

すべて『田園に死す』の中の歌である。寺山に姉がゐたかどうか、弟がゐたかどうか、私は知らないし、またそれはどうでもいいことである。母は生きてゐるのか死んだのか、義眼であつたのかどうか、それも問題ではない。「われ」といふ通路を通つて〈人間〉を見にいつたら、姉がゐて弟がゐて、生きた母も亡き母もゐたのである。

寺山は、〈見たいもの〉を見ただけであらう。「中古の斧買ひにゆく……」の歌は、ドストエフスキイの『罪と罰』を下敷きにした歌だと思はれる。

暗い風土の中で、どこにも脱出口をもたぬまま、うごめくやうに生きてゐる者たちを、あざやかな切り口でうたつた作品群、といへるだらう。たぶんウソで固めた歌だが、逆に言へば通常の「われ」の範囲内では表現できない世界が創り出されてゐるのである。

てのひらの手相の野よりひつそりと盲目の鴨ら群立つ日あり
ひとに売る自伝を持たぬ男らにおでん屋地獄の鬼火が燃ゆる

まだ生まれざるおとうとが暁の曠野の果てに牛呼ぶ声ぞ
家伝あしあとまとめて剝ぎて持ちかへる畳屋地獄より来し男
義肢村の義肢となる木に来てとまる鵙より遠く行くこともなし

同じく『田園に死す』より。いはば歌人寺山修司の〈晩年〉の作である。ウソであることは言ふまでもないが、これらはシュールレアリスティックな傾向をもつ作品である。別の言ひ方をすれば、シュールレアリスムの手法でドラマを描き出してゐるのである。

だがこの方向へ歩み出さうとして、そのまま寺山の短歌はとだえた。別のジャンルでその火は継がれてゐるだらうが、私は詳しいことを知らない。

寺山修司の短歌を読みながら、たびたびオスカー・ワイルドの『虚言の衰退』を思ひ出した。その中で（吉田正俊訳、研究社刊）、ワイルドは有名な「芸術が人生を模倣するよりも、はるかに人生が芸術を模倣するということは真実だ」といふ言葉を吐いてゐる。

ワイルドは、「現代文学の大部分が奇妙なほど凡庸な性格を持っていることについて考え得る主な原因のひとつは、疑いもなく芸術として科学として、また社会的な娯楽としての虚言が衰退したことである」といふ危機意識をもち、さらに言ふ。「奇怪なまでに事実を崇拝する態度を抑制するか、あるいは少なくとも修正するために何らかの手段が施されなければ、芸術は不毛となり、美はこの国から立ち去ってしまうだろう」「あまり事実に近づけようとして、物語からその真実性を奪ってしまうことがある」と。

さういふ文脈のもとで彼は「人生が芸術を模倣する」と揚言したのである。そして最後に結論する。「虚言、つまり美しい不実（反事実）を語ることが、芸術の主要な目的である」「自然の主な用途は、詩人からの引用句を説明することにある」。

これは極端な意見である。だが、寺山修司の歌を見てゐると、虚言はこの世を、直接見えない所まで照らし出す光であるやうに思はれてくる。

寺山もまた〈虚言の衰退〉（Decay of Lying）を嘆き、それに抵抗しつづけた人であることは確かだ。ただ、虚言をリアルに作品化するには、短歌は少しばかり窮屈な形式だつたのかもしれない。

　古着屋の古着の中に失踪しさよなら三角また来て四角

これは〈うた〉としか言ひやうのない作品である。ドラマにこだはらなければ短歌は必ずしも窮屈な形式ではない——そんなことを示唆してゐるやうな一首だが、しかし寺山は古着屋ならぬ非定型の広場へ失踪（?）し、再び帰つてこなかつた。

凶器を見つめる寺山修司

I

孕みつつ屠らるる番待つ牛にわれは呼吸を合はせてゐたり　『空には本』

歌集『田園に死す』にこんな歌がある。間もなく屠ほふられる雌牛がゐる。作者はその牛を見つめながらいつの間にか自分の呼吸を牛の呼吸に合せてゐた、といふ歌である。だが、牛に同情してゐるやうな内容ではない。作者は、やがて一撃のもとに斃れるであらう一つの生命体に同化し、殺される瞬間を想像してゐるだけである。死の瞬間を想像し、その戦慄を楽しんでゐる気配さへ感じられる。

さむきわが射程のなかにさだまりし屋根の雀は母かもしれぬ　『田園に死す』

旧地主帰りたるあと向日葵は斧の一撃待つほどの黄

もう直ぐ撃たれる雀、或いは、やがて切り倒されるであらう向日葵。このやうな、命を断たれる寸前の生き物は、寺山修司の好みのテーマであるやうだ。

＊

寺山には『十五才』『空には本』『血と麦』『田園に死す』『テーブルの上の荒野』の五冊の歌集がある。それらの歌集を通じてしばしば出てくる素材の一つに、猟銃がある。

空撃つてきし猟銃を拭きながら夏美にいかに渇きを告げん　『十五才』
銃声をききたくてきし寒林のその一本に尿まりて帰る　『空には本』
何撃ちてきし銃なるとも硝煙を嗅ぎつつ帰る男をねたむ
そのなかの弾痕のある一本の樹を愛すゆえ寒林通る　『血と麦』
青空におのれ奪いてひびきくる猟銃音も愛に渇くや
わが撃ちし鳥は拾わで帰るなりもはや飛ばざるものは妬まぬ
猟銃を撃ちたるあとの青空にさむざむとわが影うかびおり
わが撃ちし鴫に心を奪はれて背後の空を見失ひしか　『田園に死す』
わが天使なるやも知れぬ小雀を撃ちて硝煙嗅ぎつつ帰る　『テーブルの上の荒野』

まだ他にもあるが、とりあへずこれくらゐにしておく。猟銃が直接に、或いは間接に詠まれたこれらの作品から、寺山の猟銃嗜好が明らかに見て取れるだろう。生き物をたやすく殺すことができる道具、いや、殺すためにのみ存在する道具、猟銃。

殺すことに対する罪悪感はゼロである。あるのは、発砲時の快感と、獲物を撃ち落とした時の小さな喜びと、そしてそれでも満たされない心の渇き、といつたものである。

しかし意外にも、撃たれて羽根を散らしながら墜落してゆく鳥や、地上に落ちた血まみれの鳥の死骸や、また、手に持つた死骸の温もりや重さなどのリアルな描写はない。どれも、どこか観念的な歌なのである。

次のやうな歌もある。

遠く来て毛皮をふんで目の前の青年よわが胸撃ちたからん
みずうみを見てきしならん猟銃をしずかに置けばわが胸を向き
『血と麦』

これまでの作品群と違つて、この二首は銃を向けられる側（がは）から詠まれてゐる。銃口がこちらを向いてゐる時の、ひんやりした肉体感覚。

おそらく寺山は、猟銃によつて小鳥を撃ち落としたいのではなく、いはば〈殺戮の可能性を秘めた道具としての猟銃〉を愛したのである。

銃に関して、「汽笛」といふエッセイ（『誰か故郷を想はざる』所収）がある。その中で寺山は次のやうに書いてゐる。

〈私は、荒野しか見えない一軒家の壁に吊られた父の拳銃にさわるのが好きであった。それは、どんな書物よりもずっしりとした重量感があった。父はときどきそれを解体して掃除していたが、組立て終るとあたりかまわず狙いをさだめてみるのだった。その銃口は、ときに私の胸許に向けられることもあったし、ときには雪におおわれた荒野に向けられることもあった。今も私に忘れられないのはある夜、拳銃掃除を終った父の銃口が、まるで冗談のように神棚に向けられたまま動かなくなったことだった。びっくりした母が、真青になってその手から拳銃を奪いとって「あなた、何するの」とふるえ声で言った。神棚には天皇陛下の写真が飾られてあったのである。〉

寺山修司の父親は警察官で、特高の刑事であつた。右に描かれた父の姿は、昭和十五、六年ごろのものであらう。ちなみに寺山は昭和十年生まれ、年譜によれば父は昭和十六年に召集されてそのまま戦死した。だから父を最後に見たのは、まだ寺山が六歳のときである。それにしては描写が鮮明である。右の話は、ずつと後になつて母から聞いた話が入つてゐるか、寺山の創作が混じつてゐるのではないかと思はれるが、父が拳銃を所持してゐたのは事実であらう。幼時に見たその重く冷たい拳銃の記憶が、猟銃のイメージに繋がつてゐるのである。どんな対象でも一発で倒すことができる強力な道具……。拳銃と猟銃の違ひはあれ、寺山にとつて銃は、さうしたスリリングな凶器であつた。

Ⅱ

寺山の凶器嗜好は、猟銃だけではない。五冊の歌集で、猟銃とともによく登場するのが「斧」と「剃刀」である。斧に関してこんな歌がある。

山小舎のラジオの黒人悲歌聞けり大杉にわが斧打ち入れて　『空には本』
路地さむき一ふりの斧またぎとびわれにふたたび今日がはじまる
冬の斧たてかけてある壁にさし陽は強まれり家継ぐべしや
冬の斧日なたにころげある前に手を垂るるわれ勝利者ならず
なまぐさき血縁絶たん日あたりにさかさに立ててある冬の斧　『血と麦』
声のなき斧を冬空の掟とし終生土地を捨つる由なし
老木の脳天裂きて来し斧をかくまふ如く抱き寝るべし　『田園に死す』

同じ凶器でも斧は、猟銃と違つて殺戮を目的としてゐない。生活に密着し、土俗的である。だが、猟銃の歌と同様、斧の歌もどこか観念的である。ふるさと青森の血縁・地縁の濃さ、その象徴としての生活の道具、といつた感じが強い。根深い血縁・地縁を断ち切りたいけれども、それができない……斧は寺山にとつてさういふ思ひを象徴する素材のやうである。中村草田男に「蟾蜍(ひきがへる)長子家去る由もなし」といふ句があつて、寺山のこれらの歌はその句の影響を受けてゐることが明白であるが、いはば寺山はその「ひきがへる」の部分を「斧」に置き換へて自分の心を述べたのである。

＊

猟銃・斧についでよく詠まれる〈危険な道具〉は、剃刀である。

床屋にて首剃られいるわれのため遠き倉庫に翳おとす鳥　『血と麦』

剃刀を水に沈めて洗いおり血縁はわれをもちて絶たれん
ある日わが喉は剃刀をゆめみつつ一羽の鳥に脱出ゆるす
わが喉があこがれやまぬ剃刀は眠りし母のどこに沈みし
二夜つづけて剃刀の夢見たるのみ冬田は同じ幅に晴れたり
見るために両瞼をふかく裂かむとす剃刀の刃に地平をうつし
『田園に死す』
理髪師に首剃られをり革命は十一月の空より来むか
『テーブルの上の荒野』

安全カミソリではなく、これらは床屋が使ふあの鋭い剃刀である。ヒゲを剃るための道具、だが、まかりまちがへば直ぐ凶器に変はるシロモノ。寺山は、明らかに凶器としての剃刀をうたつてゐる。剃刀は自分の喉に向けられてゐる。志賀直哉に「剃刀」といふ短編小説があつたが、あの中で描かれた恐怖の剃刀ほどではないにせよ、生命を殺傷する道具としてこれらの剃刀は登場してゐる。

Ⅲ

中古(ちゅうぶる)の斧買ひにゆく母のため長子は学びをり　法医学

『田園に死す』にこんな歌がある。母が斧を買ひにゆく。中古を買ふのは、貧しいからであらう。だが、その長男が法医学を学ぶのはなぜか。どこか分かりにくい歌である。

法医学とは、法を運用する時（裁判など）に必要とされる医学であり、たとへば死体鑑定によつて死因・死亡時刻を判定したりするのがその仕事である。つまり、犯罪に密接な関係のある医学である。ここで私はドストエフスキーの『罪と罰』を思ひ出す。金貸しの老婆を殺したあのラスコーリニコフ、彼が使つた凶器は斧であつた。

たぶん寺山は、母ごろし願望をこの歌で詠んでゐるのである。母の買つてきた斧で母を殺す。しかも誰にも知られないやうに。その完全犯罪を実行するために法医学を学ぶのである。

猟銃・斧・剃刀、さういつた凶器に対する嗜好は、おそらく現実破壊とか血縁・地縁からの脱出を望む寺山修司の冷たい狂気を現すものではないか、と思はれる。母を殺し、青森を捨て、現実そのものを破壊したいといふ願望に翼を与へてくれるもの、それが三つの凶器だつたのではなからうか。

火も人も時間を抱く―佐佐木幸綱の歌―

『反歌』は佐佐木幸綱氏の五番目の歌集に当たる。年齢でいへば四十一歳から四十三歳頃までの作品が収められてゐる（一部、それ以降の作も含まれる）。

佐佐木氏は「現在」をうたふ歌人である、と言つていいが、この歌集では意志的に「過去」と向き合つてゐる。この場合「過去」とは、具体的にいへば青春時代のこと、特にその中に含まれる一九六〇年代といふ時代である。

歌集名となつた〈反歌〉は、〈返しの歌〉の意であり、長歌の後ろに添へられた歌のことである。長歌で述べられたテーマの反復と締めくくりが、反歌の役割である。壮年を迎へた佐佐木氏は、みづからの内部を過ぎていつた青春時代、及び六〇年代を振り返り、その時代への〈返しの歌〉として歌集『反歌』を編んだのである。

投光機の照らししは昨夜（きぞ）、辛子色の日が昇りきて東あかるむ

投光機が安保のデモ隊を照らした夜から二十年たつた。それが今も昨夜の出来事のやうに鮮明な記

憶として残つてゐることを、この歌は示してゐる。「辛子色の日が昇りきて」といふ表現に、苦い思ひがこめられてゐるだらう。

安保当時のことを、佐佐木氏は次のやうに回顧してゐる（評論集『極北の声』所収、「思想・生活・表現より」）。

「昭和三十四年十一月二十七日に、約二万人のデモ隊が国会構内になだれ込んだ。私は、その二、三か月前からいわゆる学生運動の末端に参加した政治的にはまったくウブな学生だった。警棒で殴られていることで権力がまさに力であることを知り、友人の逮捕、機動隊員の口裏を合わせたデッチ上げの起訴で権力の懐の深さを知り、逃げながら石を投げることでわれわれの無力を知る、それほどにウブな学生だった。思想も論理も状況も、あるいは正義も良心も、現実政治の場面では極端に相対化され、まったく変貌してしまうことも知らなかった。（略）それから一年を経た私は、それらを知ったことと、左耳の後ろに今も残る傷痕を名残りにいわば呆然と日を送っていた」

といふふうに、デモ当時はまだ事件の全貌と実態を知らず、それを知つたのは一年後だと述べてゐる。素直に書かれた文章である。

追わるる夢見つつ覚めたる昨日今日われは中年の肥えたる麒麟

何に追はれるのか表現されてゐないが、歌集の中ではこれもデモの歌と読める。《そこで知った屈辱感、私自身の内部にも見た卑怯、臆病、不信、これらにはまったくまいってしまった》（同前）とも述べてゐるやうに、心の深いところに受けたダメージが、中年の肥えた麒麟となつてしまつた自分を嘲ふかのやうに折々に甦つてくるのである。

夢の中に夢見る如きかなしみか、西行が見る佐藤義清(のりきよ)

佐藤義清は西行の青年時代の名前である。男が若かりし日の自分を思ひ出すことは、あたかも夢の中でまた夢を見るやうな哀しい行為かもしれない。といつてゐる歌である。同時にこれは佐佐木氏が西行に託して自分を詠んだ歌でもあらう。

しかし過去ばかり見てゐるわけではない。次のやうな現在の歌もある。

俺らしくないないないなとポストまで小さき息子を片手に抱いて
月光から切り出して居り氷屋は氷を我は青き沈黙を
ゆく秋の博物館の奥深く琥珀の中に羽開く蜂
芝の雨を見つめてあればいちはやく夕暮が来て芝暗くなる
昨日(きぞ)のむくどり群れつつ熟睡しおるらん羨(とも)しよ羨(とも)し大き深き茂み今
噴煙を溜めて静まる火口にてその静けさは身内(みぬち)さわがす

個々の歌についてのコメントは省くが、作品に幅と豊かさが加はつてゐる。ある「過去」への〈返し歌〉を試みつつ、この時期、作者はいはば颯爽とした麒麟であることをやめて、一人の生活人、あるいは一人の存在者としての視線を育ててゐた、といへるやうな気がする。

第六歌集に当たる『金色の獅子』には、四十四歳から四十九歳までの作品が収められてゐる。壮年の、あるいは中年の歌集である。壮年は働き盛り、中年はいろんなものを抱へ込んで陰翳を帯びた年齢、といふほどの意味である。

父として幼き者は見上げ居りねがわくば金色(こんじき)の獅子とうつれよ

集の初めの方にこんな歌がある。「幼き者」は長子のことで、まだ二、三歳だらう。金色の獅子と映れよ、といふのだからカッコいい父親である。父としての願望と自負を詠んだもの、といふ印象を受ける。

のぼり坂のペダル踏みつつ子は叫ぶ「まっすぐ?」、そうだ、どんどんのぼれ

この一首も、強い父といふ基盤に立つて詠まれてゐる。〈佐佐木幸綱〉といふイメージ(があるのだ。一言でいへば逞しい男のイメージ)にふさはしい歌である。だが、この歌集で佐佐木氏はそのイメージを自分から少しづつ壊してゆく。

耳を病む子の手を引きて父なれば病院に来てぼそぼそと言う

父としての願望とか自負などは、病院といふ現実の中では無力だから、ぼそぼそと物を言ふほかない。〈金色の獅子〉と題した歌集の中で、金色でもなく獅子でさへないやうな中年の男がしばしば登場する。そこが面白いし、この歌集の魅力である。

いぎたなき牛の一日を欲る我に東女の鋭く呼ばう

牛がまどろむやうに怠惰な一日を過ごしたいと思つてゐるのに、うちのカミさんが容赦なく叱咤するのだ、と辟易してゐる男を描いてゐる。ちよつぴり苦いユーモアを湛へた愉快な歌である（「東女」は夫人のこと、と読んだのは私の独断である。佐佐木氏には『万葉集東歌』の著書があつて、かういふ言葉遣ひが出てくるのだ）。

春の雲くぐもる地平、若き日は歌を谺となど思いけん

集の終はり近くに、歌についての思ひを述べた、こんな一首がある。上二句は眼に映る景を言ひ、下三句は自分の心を述べてゐる。「など思いけん」は、なぜ思つたのだらうか、の意（これは、たとへば後鳥羽院の「見渡せば山本かすむ水無瀬川ゆふべは秋となに思ひけむ」など古典和歌にある言ひ回しを踏まへた表現であらう）。

誰かが声を発する。それに対して誰かが歌で応へる。また、その「歌に対して別の誰かが歌を詠む。それらの声が谺となつて山々を渡つてゆく。「歌は谺」とは、さういふ状況を指す言葉だらう。歌は

モノローグ（独白）ではなく、ダイアローグ（対話）だといふ考へ方である。若い頃はそれが歌の理想的な有り様だと思つてゐたが、今は必ずしもさう思つてはゐない。と言つてゐるのが右の一首である。たぶん中年といふ現実が、作者にさうした考へ方の変化を促したであらう。

　駿河なる富士の麓に居る獅子の退屈まぎれに交尾するらし
　荒々と寄り添うものを樹の蔭に雄を見ず立つ不機嫌の雌
　うつそりと歩み去る雄おだやかに後尾中断して尾をふって

富士サファリ・パークでの作。百獣の王ライオンも実態はかうなのだといふ、ユーモラスで物哀しい歌である。輝かしいものなど、どこにもない。あるのは中途半端な現実だけなのだ。

　土に寝て見てのみ見ゆる早春の野の草々の淡き芽生えは

若い頃はあまり気にとめなかつた、ごく近くにある現実。それも大切であり、また尊いものではないか、といふ思ひを述べた歌だと読める。大きな状況をうたふ時代は過ぎ去つたのである。

　聞こえる筈なき谺待ち谺の谺待ちて寂然たりし中年

歌集の中に「今年またさよなら三月別れて四月、四十路は分かれみちばかりなり」といふ歌がある。やうに、この年代の頃から人との死別に出会ふことが多くなる。この一首は、俳人高柳重信の死を悼む歌である。返つてくる谺を、その谺の谺を待ちながら空しく句作に打ち込んでゐた中年の重信の姿を思ひ浮かべてゐる歌だが、この時期の佐佐木氏もまた、声が直ぐ「谺」になつて返つてくるやうな歌の理想郷などない、といふ寂しい断念のもとに歌作に励んでゐたのであらう。

『瀧の時間』は、一九八八年秋から一九九二年春まで、満年齢でいへば四十九歳から五十三歳までの作を収めた第七歌集である。

シャワー室にくりくり白き息子の尻水泳パンツを脱がせば跳ねて
素麵に胡瓜の車輪　夏過ぎてわずかなれども子の背丈伸ぶ

佐佐木氏はわりに晩婚の人で、子供を得たのは四十代になつてからである。きつと子供が可愛いに違ひない。その可愛さ、あるいは子をいとしむ心を真つ直ぐにうたふ。〈こども歌〉は、四十代以降の佐佐木作品の魅力の一部を形づくつてゐる。

朝(あした)から昼を伝いて夜へ飲む雪中梅純白の酔い心地
吉四六(きつちよむ)は春のさざなみ学生も我も心の山河広げて
逝く秋の身体の奥に小滝なす色ならばぎんいろの冷酒

むろん酒の歌もいい。歌人の中で随一の酒飲みといふ噂がある。たぶん酒の好きな歌人はほかにもたくさんゐるだらうが、どの歌集にも酒の歌があつて、しかもそれらが悠然たる酔ひ心地を湛へてをり、いはば大人(たいじん)の風格をそなへてゐる点でやはり随一の酒飲みといへるのではなからうか。

かすかなる旋律伝え来る肌が透く寸前の夏の草の香

肌の内に白鳥を飼うこの人は押さえられしかしおりおり羽ぶく

これらは、性の行為を詠んでゐるのだらう。念のためにいへば、二首目の下句は「押さへられ、しかし、折々羽ばたく」の意味である。エロチックで、私の好きな歌である。

朝霜を踏むよろこびと高ぞらを飛ぶ雁がねとよろこびいずれ

これは眼前の景を見ながら、同時に自分の心の中をのぞき込んでゐる歌である。地に属して日常を大事にすること、天に属して理想を追求すること、どちらが大きな喜びだらうか。自問であるが、自答はない。しかし現実を見れば、意味付けの困難な日常の断片が集積したところに、一人一人の貴重な〈生〉が成り立つてゐるのだ。『金色の獅子』や『瀧の時間』を読むと、作者の心は、「朝霜を踏む」方に傾いてゐることがわかる。

歌集名〈瀧の時間〉は、集中の一首「水時計という不可思議ありき　ひとと逢う瀧の時間に濡れては思う」といふやや難解な歌から採られてゐる。この歌集名について、後記で「現実の時間の流れの激しさの意味もこめておきたいとねがった」と述べてゐる。

昭和通りに降る冬の雨　亡父と行きいま父として二人子と行く

前歌集『金色の獅子』に〈傘を振り雫はらえば家の奥に父祖たちか低き「おかえり」の声〉といふ歌があつた。作者は「家」をつらぬく、時間といふ目に見えないものを強く意識するやうになつたのである。昭和通りを、父・我・長子・次子といふ「時間」がとほつてゆく、といふ視点が右の一首に感じられる。

火も人も時間を抱くとわれはおもう消ゆるまで抱く切なきものを

歌集冒頭の歌。火も人も、時間の流れの上で生動する。言ひかへれば、火は時間を抱いて動き、人は時間を抱いて生きてゐる。内部に抱いた時間が消滅するまで、火は燃え、人は生きる。燃えるゆゑに、生きるゆゑに、そこに切ないものが生じるのである。この一首はずばりと歌集のテーマを明かしてゐる。

夜の椅子に脳死というを思い居りたとえばその後を生き継ぐ目玉

脳が死んで〈人間〉が死んでも、その人は一個の生体として生き続ける。たとへば目玉も、生体の一部として生き継いでゐる。そのことの凄まじさをとらへた歌である。佐佐木氏は、時間といふ〈もの〉に出会つてしまつたのである。

Ⅲ部

人間存在と相聞歌—歌人・河野裕子の出発—

コスモスの友人、河野裕子の歌集が出る。彼女の入会は昭和三十九年十月、私は十一月、いはば同期生だから、自分の歌集が出るやうな喜びを覚えるが、彼女は私より五つも若いから、うらやましいといふ気持も動く。だが、早く咲いた花が早く実を結ぶのは当然のことで、彼女はこの辺で青春に一区切りつけておかうとしたのだらう。一区切りつける価値があるかどうか、それはこれから人々の厳しい眼を通じて検討されるわけだが、彼女の歩みを身近に見てきた一人の読者としていへば、その価値はある、充分にあると思つてゐる。だが短いスペースで論ずることは避け、同期生として見た印象を記しておかう。

彼女に会つたことは三回ほどある。最初は昭和四十二年四国の屋島で開かれたコスモス全国大会で、二回目はたしか昭和四十四年東京の新宿で、三回目は今年になつて東京の御茶の水で、といつた具合である。いつも誰かが一緒だつたし、立入つた話をすることもなく、必ずしも深いつき合ひとは言へない。その程度の交友にすぎないが、彼女が小柄で可愛いお嬢さんであること、関西弁で朗らかに話すこと、椅子に坐るとき背すぢを真直ぐ伸ばしてきちんと腰掛けてゐること、人の歌をよく覚えてゐてそれを楽しさうに讃めること、などが印象的だつた。高校時代、病気のため留年したり、死を思つたりしたことが作品に見えるが、さうした近い過去の不幸が彼女の内部でどのやうに揚棄されたのだらうかと、いぶかしく思はれるほど彼女は明るい雰囲気を持つてゐるのであつた。

彼女は相聞歌を多く作つてきた。この『森のやうに獣のやうに』はつづまりのところ相聞歌集といへよう。ただ、相聞の相手は必ずしも特定の男性ではないやうだ。むろん現実の恋人がモデルになつてゐるだらうが、彼女の相聞歌はその恋人の似せ絵を作ることが目的でなく、いふならば相手の男の属性を自由に摘み取つてきて、それをバネにして自我に即した幻想的な世界への飛翔をこころみてゐるのだ。

短歌が誰のためでも、何のためでもなく、ただ自分ひとりのためにだけ作られるものだとすれば、相聞こそ、我のぎりぎりまでおのれに執し、おのれひとりに立ち向かって作られるものでなければならないと思う。

（「無瑕の相聞歌」昭47・4『短歌』）

といひ、続けて「いとしい恋人のためにと、対象をきめつけて同じ姿勢で作歌するからなまぬるい相聞歌しかできないのではあるまいか」といつてゐるのは、ひるがへつて彼女自身の相聞歌の秘密を述べてゐるだらう。この考へにもとづけば、相聞歌を詠むために特定の男性は不要であつて、事実、この歌集に登場する相聞の相手は不特定の男のやうである。河野裕子はいはば「男」にむかつて相聞歌を作りつづけた少女といへるだらう。おそらく彼女にとつては、

通学も進学も断ちて病む日日を病棟の庭に夾竹桃咲く　（昭40・2）

生きるとは疲るることと日記に書く夜をあはあはと春の雪降る　（昭40・6）

みづからを卑屈にするなと言ふ如く枯草の野にいぬふぐり咲けり　（同）

ふつふつと湧くこの淋しさは何ならむ友らみな卒へし教室に佇つ時　（同）

癒えしのちマルテの手記も読みたしと冷たきベッド撫でつつ思ふ　（昭40・9）

振りむけば失ひしものばかりなり茜重たく空充たしゆく　（昭40・12）

といつた歌に見えるやうな孤独感、虚しさ、苦悩をみづからの内部で浄めるべきものとして相聞歌があつたのではないか。つまり相聞は何よりも彼女の自己救済の手段だつたのではないかと思ふ。

君のもつ得体の知れぬかなしきものパンを食ぶるとき君は稚し　（昭39・10）

コスモスの初出詠がこの相聞に属する作であることも、いささか暗示的である。これ以後、おそらく恋人のためでなく自分のために作つた相聞歌のかずかずが、この歌集の主要部をなしてゐるわけだ。さうした我執に徹した相聞歌が彼女のゆたかな感性を通してどのやうな新しい詩を開示してゐるか。興味を持つ人は少なくない筈である。私などは興味どころか、彼女の歌の魅力に生け捕りになりさうで、しばしば自分をいましめてゐるぐらゐだ。

河野裕子の文体と語彙

河野裕子の歌集は全部で十五冊あるが、最初の『森のやうに獣のやうに』から最後の『蟬声』（遺歌集）まで、ずつと文語・口語の入り混じつた文体である。が、ゆるやかに文語主体から口語主体へと変貌してゐるやうだ。第十三歌集『母系』を見ると、次のやうな歌がある。

美しく齢を取りたいと言ふ人をアホかと思ひ寝るまへも思ふ
この母に置いてゆかれるこの世にはそろりそろりと鳶尾（いちはつ）が咲く
遺すのは子らと歌のみ蜩のこゑひとすぢに夕日に鳴けり
病むまへの身体が欲しい　雨あがりの土の匂ひしてゐた女のからだ
死ぬことが大きな仕事と言ひゐし母自分の死の中にひとり死にゆく

部分的に「鳴けり」「言ひゐし」など文語的な言葉が混じつてゐるが、それは文語の名残といふべきもので、手触りはさほど口語歌と変らないものとなつてゐる。ただし、歌集全体が口語歌となつてゐるわけではない。歌の多くが口語変換装置で濾過されてゐる、といふことである。どの程度に？

一般の人々が〈この歌集は文語で作られてゐる〉と意識しない程度に、である。

ここで、それ以前の歌集から歌を引いてみよう。

たとへば君　ガサッと落葉すくふやうに私をさらつて行つてはくれぬか　　『森のやうに獣のやうに』

ブラウスの中まで明るき初夏の日にけぶれるごときわが乳房あり

まがなしくいのち二つとなりし身を泉のごとき夜の湯に浸す　　『ひるがほ』

夜と昼のあはひ杏(はる)かに照らしつつひるがほの上(へ)に月はありたり

たつぷりと真水を抱きてしづもれる昏き器を近江と言へり　　『桜森』

君を打ち子を打ち灼けるごとき掌よざんざんばらんと髪とき眠る

暗がりに柱時計の音を聴く月出るまへの七つのしづく　　『はやりを』

たつたこれだけの家族であるよ子を二人あひだにおきて山道のぼる

第一歌集～第四歌集からの引用である。『森のやうに獣のやうに』は口語が目立つけれど、文語系の歌も多い。そのあとの歌集も同様である。四番目の『はやりを』の「たつたこれだけの家族であるよ……」といふ歌になると、これは文語から足を洗ったやうな詠みぶりである。この歌集あたりで《河野裕子流・口語短歌の文体》が成立したといふ印象を受ける。

少しあとの第七歌集『体力』を見よう。

もういいかい、五、六度言ふ間に陽を負ひて最晩年が鵙のやうに来る
あと三十年残つてゐるだらうか梨いろの月のひかりを口あけて吸ふ

ここまで来ると、河野裕子独特の口語文体が確立してゐることが分かる。口語といつても、いろいろな歌がある。彼女の歌は、口語でも軽くならない。テーマがシリアスだからである。

生老病死といふ言葉がある。それぞれに苦しみがあり、まとめて四苦といふ。生きる苦しみ、老いる苦しみ、病む苦しみ、死ぬ苦しみである。だが、生きる、は苦しみだけではない。喜びもあり、楽しみもある。自分が生老病死をどのやうに体験し、受け止めてゆくか、これが河野裕子の歌のテーマであらう。

ふしぎなことに、優れた歌人の一生には二つのピークがあり、第一歌集と晩年の歌集がそれに当たる。途中の歌集が劣つてゐるといふわけではなく、いはば途中は標高の高い台地を形成してゐるといふことである。河野裕子の場合、第一歌集『森のやうに……』と第十四歌集『葦舟』が二つのピークである。彼女の歌の集大成ともいへる『葦舟』には、いい歌が数多い。

三時間かけて受けゐる点滴と六十兆の細胞、白兵戦を戦ふ
あの母をこれからの私は生きてゆく死に撫でられながら死にゆきし母
わたしには七十代の日はあらず在らぬ日を生きる君を悲しむ

化学療法を受けてゐる時の苦しみを詠み、亡くなつた母とそのあとを追ふ自分の悲しみを詠み、自分がゐなくなつたあとの夫の悲しみを詠む。まさに四苦を詠んだ歌である。

仏たちはよく寺を出て留守多し春の松山に鑑真座像
投稿のハガキの山の間（ま）に沈み永田和宏あくび大明神
てのひらに木苺ほろろ母のうへに草かんむりの木苺ほろろ

これらは一転して楽しい歌。四苦を詠む歌群の中で、ほのかに「生きる楽しさ」を匂はせてゐる。

生きながら死んでゆくのが生きること眠るまへ明日の二合の米とぐ

これは生きる苦しみと喜びが融合したやうな歌である。哀切であり、哲学的な深さがあり、この歌集の代表作の一つだと思ふ。

このあと遺歌集『蟬声』が刊行される。内容はⅠ（雑誌発表の歌）とⅡ（未発表の歌）に分かれてゐる。

死に際に居てくるるとは限らざり庭に出で落ち葉焚きゐる君は
この子らの記憶の輪郭に添ひながら死に近づけるわたしの生は
誰もみな死ぬものなれど一日（ひとひ）一日（ひとひ）死までの時間が立ちあがりくる

ねこじやらし壜に挿しおけば風が来るイネ科が呼べるいつもの風が

Iにこんな歌がある。『葦舟』の延長線上にある秀歌といへるだらう。口語的表現（文語を使つてもそれを感じさせない表現）を完全に身に付けてゐることが分かる。この歌は「風が」といふ同語の繰り返しが用ゐられてゐる。注意深く読めば『葦舟』の中にも、同語の繰り返しがときどき見られる。口語の歌でリズム感を出すための工夫の一つであらう。

ところでIIには次のやうな歌がある。

暗がりを燭もてひとり歩むがに身をかがめ聞くひとつかなかな
子を産みしかのあかときに聞きし蟬いのち終る日にたちかへりこむ
この身はもどこかへ行ける身にあらずあなたに残しゆくこの身のことば

おや、と思ふ人がゐるだらう。文語の歌なのである。手帳その他に書き残した歌だから、未完成の作だらう。初期の歌に〈青林檎与へしことを唯一の積極として別れ来にけり〉などがあることから分かるやうに、河野裕子は文語で出発した人である。作歌に馴れてくると文語を駆使することはたやすいし、むしろ文語で作歌する方が簡単である。だが文語の歌を口語に変へるのは難しい。意外にエネルギーが要る。彼女はきつと文語でいつたん作つた歌を、発表する時に口語に変へるつもりだつたのではないか。それを実行できなかつた歌がIIに残つたのだらう、と私は推測する。『葦舟』に〈四十年のむかしとなれり西下せり安立（あんりふ）スハルが居場所岡山市内山下（うちさんげ）〉といふ歌がある。歌集『この梅生ずべし』に魅せられて訪ねていつたのだ。安立スハルは、思索的・哲学的な内容の歌を、口語使用によつて日常詠のやうな親しみやすい歌に仕上げる名手だつた。河野裕子の口語志向は、この安立スハルの影響で始まつたのかもしれない。

口語を使つて河野裕子は何を詠んだのか。社会詠や時事詠はほとんどない。旅行詠もきはめて少ない。ソトに関心がないのだ。彼女が詠み続けたのは、恋人の歌、結婚後は夫の歌、出産後は子供の歌、そのほか母を含む家族の歌である。関心はソトでなく、ほとんどウチに向いてゐる。圧倒的に家族詠が多い。そして家の周囲に生えてゐる草木の歌。

使用語彙としては「（米を）とぐ」のほか「ごはんを作る（食べる）」「（食器や風呂などを）洗ふ」など家事用語が多い。狭い世界を繰り返しうたつてゐる。だがそれらの歌の情（じやう）の深さ、四苦を真直ぐに見つめて詠む率直さ、また思考の触覚が「死」に触れてゐることによる奥行きの深さ、といつた点で独自の短歌世界を展開した歌人である。

重力に抗して――歌人・小池光の出発――

ひと夏の陽に食まれつつなほ高くひまはりは父のたてがみ保つ
亡父(ちち)の首此処に立つべしまさかりの鉄のそこひにひかり在りたり
暑のひきしあかつき闇に浮びつつ白桃ひとつ脈打つらしき
夕映えのてのひらのかく大にしてつつまれ透けりひとりひとりが
きしきしと一束の髪緊まるなか火山の霧も育ちゆくなり

小池光の歌は、感官としての視覚を超えたものを、しばしばうたつてゐる。見かけのかたちは写実ふうの詠み方ながら、どこか一点、写実を離れたところがあり、そこを通路として異界(いかい)から此界(しかい)へ吹き入る微風のやうなものを感じさせる。表現は決して強引でなく、いかにも自然に行はれてゐる。彼は一九四七年生れだといふから、この『バルサの翼』はほとんど二十代の作品集といふことになるが、感性のゆたかさ、そして言葉の使ひ方の巧みさなど、まことに非凡だと思はずにはゐられない。

私が小池光の作品に魅力を感じ、小池光といふ名前を記憶したのは、いつ頃のことだったらうか。

数年前、といふのではいかにも頼りないけれど、〈小池光〉はやはらかい静かな入り方でいつのまにか私の記憶の中に棲みついてゐた。

彼は「短歌人」に所属し、また、同人誌「十弦」にも加はつてゐる。現在は浦和市に住んでゐるが、生れ育つたのは宮城県だといふ。少年期を（或いは少年を）うたつた作品が多いが、いつたいどんな少年時代を送つたのか、興味が湧く。

それはともかくとして、小池光の歌は、たとへば言葉を叩きつけるやうな、または読者の胸ぐらをつかんで揺すぶるやうな、そんな力づくのうたひ方ではなく、ナイーヴで繊細で、時には背すぢを寒くさせるやうな鋭さを秘めながらも決して優しさを失はず、一種のまろやかさを帯びた作品が多い。

いちまいのガーゼのごとき風立ちてつつまれやすし傷待つ胸は

いちまいのガーゼのごとき風。新鮮な比喩である。これを受ける「つつまれやすし傷待つ胸は」といふ語句が、比喩を受けて一首を更にのびやかに加速する働きをしてゐる。傷待つ胸とは、いかなる傷を待つのだろうか？　どうであれ「傷」はそのまま予感された青春の内面の「傷み」でもあるだらう。白いガーゼが、少年の胸をつつむ。やはらかい風が無垢の心をつつむ。さうした二つのイメージが揺れ合ひ、かさなり合ってゐる。うら若い魂のをののきをうたひあげた、感傷的といへば感傷的な、しかしみごとな抒情詩である。

歌集を通読すると、桃（白桃）がしばしばうたはれてゐるのに気づくが、それには触れないことにして、ガーゼもまた小池光の好む素材であるらしく、この他にも二首ほど見える。一つは「河近くガーゼの木ひらきはつなつの幻影の影流れゆきたり」で、残念ながら私にはこの歌は分らない。もう一つは、

北の窓ゆつらぬき降りし稲妻にみどり子はうかぶガーゼをまとひ

である。稲びかりの中にうかんだみどり子の寝姿。涼しいガーゼの布地でつくつた寝巻にくるまれてゐるのだが、それを単に「ガーゼをまとひ」と表現してあるため、怪我か何かで白い繃帯をした者が寝てゐるやうな錯覚を起こさせる。錯覚といふより、それは一首がかもし出す副次的イメージである。別に「稚な木が渾身に花むすぶとき一生（ひとよ）いたましき叫びとおもへ」といふ歌があるのになぞらへて言へば、作者は稲妻の底のみどり子が沈黙のうちに上げた「いたましき叫び」を聞いてしまつたのである。むろん私は、子の寝姿にそそがれる作者の優しい視線を感じないわけではないが、一方、その視線のみなもとに在る醒めた意識を、凄いと思はずにゐられないのである。

べきべきと折る蟹の脚よもののふが甲冑を飾るこころ淋しむ

「べきべきと」、残酷な語である。それにしても蟹の質感を、何とよく言ひ得てゐることか。その固く脆い蟹の向うに、綺羅をつくした武士（もののふ）の甲冑姿が想起される。そして「べきべきと折る」の語句はおのづから、戦場をかけめぐり、鬨（とき）のこゑを上げながら刀剣をふりかざし、血まみれになつて斃れて

ゆく甲冑武者の姿を、おぼろに導き出す。

この歌も、みどり子の歌も、いはば存在するものの内側にある脆さを鋭くゑがき出し、私たちをひやりとした暗がりに立たせる。しかし非情な歌かといへば、必ずしもさうではない。どこか、やさしく柔和なのである。生が死を内包するものであること、それを知つたかなしみの情が、対象を見る時のやさしさとなつてしまふのだらうか。

つつましき花火打たれて照らさるる水のおもてにみづあふれをり

確かレオナルド・ダ・ヴィンチに「大洪水」といふ素描があったと記憶する。白い画面の中に、水と水が搏（う）ち合つてうねるさまを描いた簡単なデッサンながら、しばらく眺めてゐると、世の終焉を髣髴させるやうでぶきみだつた。あれは簡明に、水を水として描いたところから生じるぶきみさであつたのだらう。この小池光の一首も、淡々（あはあは）とした歌ながらそれに似た印象がある。「水のおもてにみづあふれをり」、ナイーヴな描写が、そのまま存在（もの）の深淵を覗かせてゐるところ、これは小池光の天性の資質なのだらう。

雪に傘、あはれむやみにあかるくて生きて負ふ苦をわれはうたがふ

ひろびろとした空間に雪がふり、ぽつりぽつりと人が傘をさして歩いてゐる。その空間は今、「苦」が無いかのやうな明るさに満ちてゐる。しかし苦が消滅したわけではない。

「生きて負ふ苦をわれはうたがふ」と呟いたのち作者は、苦を負つた人間の生をいつそう深く顧みずにはゐられなかつたであらう。

人が人としてあるかぎり、いくら時代や社会や環境が変化しても、決して逃れられないもの、生の付帯条件としての苦、いはば存在苦、それが「生きて負ふ苦」である。小池光の歌は、結局どこかでこの「苦」を見つめる行為につながつてゐるやうに思はれる。

　脳漿はひとすぢ垂れてかがよひぬ寒き栄誉を神はたまひし
　そのかみにわれは怖れき悪食のきはまりてつひに花食ふ魚を

凄絶、そして又この上なく美しい歌である。前者は「苦」をフィジカルにうたひ、後者はアナロジカルにうたつてゐる、と言つたら割り切りすぎだらうが、いづれも生存の窮極相を見ようとする志向が掘りおこした美があり、その美には、浄化された存在苦と悲哀が漂つてゐると思ふ。

さて、書名〈バルサの翼〉は、「バルサの木ゆふべに抱きて帰らむに見知らぬ色の空におびゆる」の歌から採られてゐるらしい。バルサといふのを百科辞典で見ると、材質がきはめて軽いパンヤ科の喬木（中南米原産）で、救命具・浮標・飛行機材などに用ゐられる云々とある。

さういへば、私はかつてテレビで、小さな模型飛行機の滞空時間を競ふ大会を偶見したことがあるが、あのいかにも軽さうな模型飛行機はきつとバルサの木でつくられてゐたに違ひない。しづかに人の手を離れた飛行機が、ゴムを巻いただけの僅かなエネルギーによつて、ゆつくりとプロペラを回しながら、体育館の中の広い無風空間を、蜉蝣(かげろふ)が飛ぶのよりもつと緩慢にいつまでもいつまでも飛びめぐる――浮遊するといつた方が正確だらう――その様子は、夢幻的とさへ言へる光景であつた。優秀な飛行機は十数分、いや数十分にわたる滞空時間を記録したはずである。

あの飛翔、あの空中遊泳が小池光の歌の姿だ、と私は一瞬思つた。重力に抗しつつ、あえかに、しなやかに空中を浮遊するバルサの機影――それがあたかも、苦に満ちた此界を離れ、此界でも異界でもない不思議な空間にあそぶ一つのうらがなしい魂を連想させたのである。

女の三体—歌人・栗木京子の出発—

栗木京子といへば、多くの人が「二十歳の譜」といふ作品を思ひ出すであらう。昭和五十年、角川短歌賞で次席となつた一連である。タイトルにある通り、当時彼女は二十歳、京都大学理学部の学生であつた。

観覧車回れよ回れ想ひ出は君には一日我には一生

一連中にこんな歌があつた。明るい雰囲気があるが、その中に、男性に対する女性の哀切なたましひの声、ともいふべきものがこもつてをり、私は心うたれた。以後も、この歌を思ひ出すたびに私は胸が熱くなるのを覚えた。それは、「想ひ出は君には一日我には一生」といふ詞句から女性の哀しみを深読みしすぎてゐたせゐであらう。それほど深刻に詠んだ歌ではないかもしれぬ。だが、深刻ではなくても、うら若い乙女がいはば直観的に女の哀しみを感取する瞬間があつた、と考へることは可能であらう。

走り来て四肢投げうてばいや高く規則正しき血流の音
我よりも美しき友と連れだちて男群れ居る場所を通れり
夜道ゆく君と手と手が触れ合ふたび我は清くも醜くもなる
草に寝て飛行機の影目に追へば矢となりて飛ぶ時の電離粒子(プラズマ)
春浅き大堰(おほゐ)の水に漕ぎ出だし三人称にて未来を語る

「二十歳の譜」には、このやうな歌もある。五官に映るもの全てが新鮮で、それらを見つめる作者のこころも生き生きとしてゐる。そして、作者は一つ一つのものから返つてくるまぶしい視線にさらされてゐる、といつた感じである。まだ生毛(うぶげ)の生えてゐる可憐な動物さながらの純真さで、作者はまぶしげに外界の光の中に立つてゐる。古都の川に友と二人でボートを漕ぎ出して、人生のこと、未来のことを語り合つても、自分たちの身の上といふよりはどこかお伽話めいた「三人称」の物語になつてしまふのも、少女の幼さが残つてゐるためであらう。とは言へ、すぐ足もとまで打寄せて来てゐる人生の波の音に無関心でゐられるはずもない。

仄暗き視野に消長しつつ光るナトリウムD線の淡き橙色(とうしよく)

おそらく〝人生〟は、たとへばこの仄暗い視野に光るナトリウムD線のごとく、輝きとおぼつかなさを混えた不可思議な光のやうに、二十歳の心に映じ始めてゐただらう。

この年、「二十歳の譜」と相前後して作者はコスモスに入会した。翌五十一年二月、「トルソーの静寂」の一連がコスモスの〈扇状地〉といふ欄に載つた。

トルソーの静寂を恋ふといふ君の傍辺(かたへ)に生ある我の坐らな
幼くて君を愛し得ずわが足の水に浸りて白く揺れをり
水平に寄せくる波のその下の渦の深さを友と語りぬ
少しづつ未来狭まる思ひもち紡績工場の塀に沿ひ行く

わづかの間に、作者は精神的にかなり成長を遂げてゐる。恋する「君」と同じ人間的レベルに立つことができないもどかしさを感じつつ純潔の象徴のやうな自分の白い足を見つめてゐるのは、幼さを残しながらも成熟しつつある姿にほかなるまい。寄せてくる波の下の「渦の深さ」を透視する眼も、心の成熟によつてもたらされたものであらう。

思ひを寄せる相手は、もう不特定の男性ではなく、「トルソーの静寂を恋ふといふ君」といふふうに、或る人間的輪廓をもつた男性として表現されてゐる。「トルソーの静寂を恋ふ」は相手の言葉をそのまま取入れた如く見えるが、むろんそのままではなく、文学的処理が施された詞句であらう。内省的で物静かな男性が彷彿としてくるやうな、冴えのある暗喩的表現である。その人のかたはらに、「生ある我」は坐らう、と言ふ。トルソーと違つて、頭部もある、手足もある、血の通つた肉体を具(そな)へた一人の女として、あなたの横に坐りたい、といふのだから、これは、一見つつましやかに見えながら、なかなか意志的な、刺戟的な歌である。「トルソー」のイメージが、「君」の内面を表徴するシンボルとして働いてゐると共に、トルソーに似て非なる生きた女性の肉体をも暗示するのが見事であり、この歌はメタフィジカルでフィジカルな独特の恋愛歌となつてゐる。

この〈扇状地〉（例月詠草とは別に、コスモス編集部から特に依頼する作品の欄である）に、入会まもない栗木さんが登場したのは、それだけ注目され期待されてゐたからであつた。〈扇状地〉欄を担当してゐた私は、京都にゐた栗木さんに依頼状を出したり、また、貰つた作品に対して感想のやうなものを書いて送つたと思ふが、こまかいことは覚えてゐない。ただ、期待通りいい作品を貰つた喜びと、きちんと端正なペン字で書かれた栗木さんの原稿などが、おぼろに記憶の片隅にある。

実験が終ればいつも集ひ来ぬキャラバンといふ寂しき名の店
逝く夏を鞣（なめ）すがごときやさしさよ北白川の坂に没（い）る陽は
たんぽぽの穂が守りゐる空間の張りつめたるを吹き崩しけり
鶏卵を割りて五月の陽のもとへ死をひとつづつ流し出したり
陽の色を紫紺と化して実りたる葡萄ひとふさ窓べに置きぬ
円卓よりしづかに匙はすべり落ち抱きすくめらる腕より胸へ
翔びながらつねに地上を見つめゐる君と思ひていだかれてをり
呼び交はし稲妻光り天と地の放熱つづく夜を覚めをり

その後も栗木さんは、いい歌を着実に作つていつた。若い女性らしいナイーヴな歌と共に、鶏卵を割つて白日のもとへ「死」を流し出す、といつた鋭利な抽象的把握が現れてくるやうになり、徐々に作品の幅を拡げ、また陰翳を深めてゆく。いはゆる相聞歌も、恋の歌から愛の歌へ、といつた変化を示すが、抑制力の強い人なのか、露骨な歌はない。現在の若い女流によく見られるなまなましい性愛の歌に比べると、うすい紗(しゃ)でおほつたやうな節度が感じられる。それでも、「天と地の放熱」といふ歌などは、自然現象を詠んでゐながらエロティックな雰囲気がある。

この間、彼女は京大理学部（生物物理学科）を卒業し、浜松市に就職した。〈扇状地〉のあとは手紙のやりとりもなく、むろん会ふこともなく、私はただ、河野裕子さんに続くであらう新進女流として彼女の歌を誌上で注意して読んでゐた。しかし昭和五十四年、突如として彼女はコスモスを退会し、われわれの視野から姿を消した。

　極端よりまた極端へ揺れながら君への思ひ凝りゆくものか

　夜半覚めて今日より明日へなだれゆく闇の境に目を凝らしをり

コスモス（六月号）に載つた最後の作品四首のうちの二首である。歌集には入つてゐない。思ひつめたやうな暗い歌である。なぜ退会したのか、つひに分らなかつた。やがて、栗木さんは結婚し歌はやめてしまつたらしい、といふ風聞がかすかに伝はつてきた――。

*

今年四月、京都で若い女流歌人たちが主催したシンポジウムの会場で、休憩時間、ぼんやり立つてゐた私の所に、人混みの間から早足で近づいて声を掛けて来た女人があつた。その人が栗木さんであつた。私はそのとき既に、彼女が結婚後しばらくしてから「塔」に入つて本格的に作歌を再開したことを知つてゐた。栗木さんはコスモスの頃の礼を述べたあと、そのうち歌集を出したいと思つてゐる、と言つた。とつさに私は、「塔」の貴女の作品を見てゐると平凡な主婦になつてしまつたやうな歌があつて残念だ、といふやうなことを無遠慮に言つた。彼女は不快な顔もせず、うなづくでもなく、落着いた表情で聞いてゐた。十分ほど立話しただけだつたが、しつかりした人といふ印象を受けた。

一ケ月ほど経つて、思ひがけず栗木さんから便りが来た。できたら「解説」を書いて欲しい、といふ遠慮がちな丁寧な手紙だつた。きちんと書かれた字と、つつましい文面を見て、私は〈扇状地〉の頃の栗木京子に再会したやうな懐しさを覚えた。

送つてもらつた歌稿は、彼女が自選し、更に永田和宏氏が目を通したものだつた。平凡な主婦の歌は、そこには見あたらなかつた。「二十歳の譜」や「トルソーの静寂」と同様の、或いはそれ以上のきらめきを見せる作品が幾つもあつた。

歌集はⅠ部、Ⅱ部に分かれ、後半のⅡ部が復帰後の「塔」時代の作である。あとで教へてもらつた所によると、昭和五十四年十一月に結婚、翌年長男誕生、五十六年十二月「塔」に入会、とのことであつた。

出逢ひしは如月の頃　いま君の妻となりても寒き額（ぬか）もつ
甘かりし日々たまゆらに過ぎゆきて甕に真白くこごりたる蜜

約二年の空白を経て、このやうな歌でⅡ部は始まる。「寒き額」とは何だらうか。二首目、新婚時代の「甘かりし日々」もたちまち過ぎた、といふ言ひ方に、何か暗い翳を読む人もあるかもしれないが、おそらく作者はごく普通の幸福な家庭生活の中にあると思ふ。時がたてば、たとへ柔かい蜜でもその柔かさを失ひ、白く凝つてゆく。その厳然たる〝時間〟が自分の外にも内にも流れてゐることを、ひしひしと感じたといふ歌であらう。人も物も、みなこの〝時間〟の軸の上を、それぞれ孤立しながら一方に向つて移動してゆく存在である。夫のかたはらでどのやうに幸福に生きてゐても、いつたん自分を時間軸の上に置いて考へると、ひどく孤独な存在にすぎない。その孤独の証しのやうに額が寒い——。一首目はそんな歌ではないだらうか。額の寒さは、同時に心の寒さでもあり、おそらく何によつても癒やされないだらう、根源的な、いはば存在論的な寒さである。

新たなる風鳴りはじむ産み了へて樹のごとくまた緊りゆく身に

出産後の自分の体を暫新な視点で捉へた歌である。胎内から一つの命が出ていつたあと、再び単一の命となつて徐々に緊つてゆく肉体。それを固くしなやかな「樹」にたとへたのは、やはり存在論的な厳しい把握である。と同時に、これは何とリリカルな歌であらうか。

まろまろと窪みの多き子の四肢を抱きて生命の若さを思ふ

子の乗りし眠りの舟をゆすりやる再び覚めて岸に着くまで

残酷な結末をもつ北欧の童話を語り子を眠らする

いづこへとひかれゆく子か抱きても抱きてもからだかしげて眠る

叱られて泣きゐし吾子がいつか来て我が円周をしづかになぞる

「まろまろと窪みの多き四肢」は、幼児の体のまろやかさを愛情こまやかに捉へてゐる。が、どちらかといへば子供に対する情愛の念は、抑制され、表現の底に沈められてゐる場合が多い。子供を、自分と同様に、時間と空間のただなかを孤独に漂游してゐる不安な存在として眺める傾向がある。子のなぞる「我が円周」は、子と自分との温かい接点であるが、また、寂しい越えがたい細い断絶線でもある、といつた印象がかすかに漂つてくる。夫に関しては次のやうな歌がある。

投げやりに論理いくつか跨ぎ越し物言へば愛の言葉となるも

半開きのドアのむかうにいま一つ鎖されし扉あり夫と暮らせり

我がために我が生くと当り前のこと言ひたらば夫は何と応へむ

いたみたる林檎の果肉そぎ落とす甘ゆることも武器のひとつか

指さしてケーキ買ひゐる夫を見つ通り雨降る駅のおもてに

子供に対する距離ほどは、夫に対して距離を置いてゐない（或いは距離が揺れ動いてゐる）やうに見える。むろん作品の上でのことであつて、実際のことは知らない。半開きのドアの向うに、もう一つの鎖された扉を幻視するのはまことにユニークで面白い。ここには、温かい家庭的充足とその充足に対するひんやりした不安のやうなものを感じる作者がゐる、と私は思ふが、どうであろうか。

妻となり母となりしも霜月尽　透明にして水の三体
いのちよりいのち産み継ぎ海原に水惑星（みづわくせい）の搏動を聴く

水の三体とは、いふまでもなく液体（水）と気体（水蒸気）と固体（氷）の三態をいふ。乙女から妻へ、妻から母へ、作者は変つていつた。それは自分で選んだ変化には違ひないが、個の意思を超えたものの力によつてうながされた変化であるとも言へる。水は、氷になっても蒸気になつても、本質は同じH_2Oである。同様に、乙女から妻となり母となつても変らないもの、それは「女」であるといふことである。作者は自分の変化を思ひ、さうして透明な（或いは白く半透明な）純粋で美しい水の三体を思つた。「透明にして」は、物悲しい憧憬の気持から発せられた詞句であらう。水の変化が可逆的であるのに対し、乙女→妻→母といふ変化が不可逆的変化であることも、痛切に作者は思つてゐたに違ひない。遠く、あの「観覧車回れよ回れ」の歌と通ひ合ふやうな作品である。

次の「いのちより」の歌は、水惑星（地球）の上で女の三体を限りなく繰返しながら次代へ種（しゆ）をリレーしてゆく「女」といふものを、その女の一人として詠んでゐる。「水惑星」の語には、全ての生命の源としての水、といふ作者の認識が働いてゐると思はれる。

玻璃に照る見おろしの海凪ぎ果てて茶房に我は水浸かぬ船
潮匂ふ海にあまたの魚棲むを激しきことと思ふ夜のあり
人の身に対なす器官多きこと何かかなしと臥して思へり
排泄し排泄し春に向かひゆく季節か宙を軋ませて雪
公園に蛇口のありてひねるとき花束挽きしごとき春の香
モビールの魚飾られてゐる部屋に水藻のごとく我は立居す
穀割れし卵こぼれてにんまりと買物籠の中を這ひをり
夏木々の若き肺腑の吐く言葉　ひとときの雨きらめき過ぎぬ
病み臥して高層の窓より眺むれば何の裏側かこの秋天は

ほかにⅡ部から私の好む歌を挙げるとすれば、こんな歌がある（かうして見ると、水に関する歌が多い）。感覚的な冴えが、ひらめきが、時に五官では知覚できないものまでも感知してしまふのは、感覚の芯に、抽象的な、一種の科学的思考が働いてゐるせゐだらう。それが栗木京子の感覚であり、女性らしいみづみづしさと共に、また女性には珍しい硬質な抒情性をも、多くの作品に付与する因となつてゐると思ふ。

闇を梳くさざ波汀にしきり寄せ娶られし性に帰る辺はなし

「水の三体」の歌の延長線上にある歌である。感覚云々と言つたけれど、感覚的なだけの歌人ではないことを、下句は証明してゐよう。いはば、個々の存在を時間軸の上に置いたときに漂つてくる一種言ひがたい根源的な悲哀のやうなもの――に敏感なアンテナを持つた歌人が栗木京子なのだと言ふべきか。そのアンテナを働かせることは、感覚的だと言へば言へるが、しかしそれはもう思索と殆ど変らぬ精神的行為でもあるだらう。

もう一人の、本当の〈私〉—歌人・水原紫苑の出発—

早稲田大学出身の女性歌人といへば、ひところまでは道浦母都子さんぐらゐしか知られてゐなかつたが、さいきんなぜか二十代、三十代の若い女性歌人の中で早稲田出身の人が増えてきた。名前を挙げると、小島ゆかり・水原紫苑・米川千嘉子・俵万智・紀野恵である。いちばん年長の小島もまだ三十を少し過ぎたところ、最も若い紀野は二十代前半である。早稲田五人娘——と私はひそかに呼んでゐるが、既婚の人もゐるから娘といふのは適当でないかもしれない。この五人の乙女たちがそれぞれ優秀な歌人として成長する土壌となつた早稲田大学文学部といふ場所を、私は不思議な気持ちで思ひ浮べることがある。

光線をおんがくのごと聴き分くるけものか良夜眼(まなこ)とぢゐる
針と針すれちがふとき幽(かす)かなるためらひありて時計のたましひ
菜の花の黄溢(きい)れたりゆふぐれの素焼の壷に処女のからだに
喉白く五月のさより食みゐるはわれをこの世に送りし器

炎天に白薔薇(はくさうび)断つのちふかきしづけさありて刃傷(やいばいた)めり

私が初めて水原紫苑の歌を読んだのは、昭和六十二年であつた。その年、短歌研究新人賞の選考委員の一人であつた私は、多数の応募作を読む過程で右のやうな作品を含む「しろがね」一連三十首に出会ひ、その繊細透明な抒情に惹かれ、これを上位に推した。最終的に、受賞したのは萩原裕幸と黒木三千代の作品であつたが、水原紫苑の作品に出会へたことは私にとつて喜びであつた。彼女の作品について、

「現実と幻想の、どちらともつかぬ、そのあはひの薄明にあそぶたましひの歌、といへるであらう。この世に生れ出たことに対する否定のこころが、多くの歌の中に息づいてゐる。だが作者は、現実に対して歯をむき出して逆襲することはせず、薄明の境にひそんで淡い毒のある抒情歌をつくり出す。」（昭62・9「短歌研究」）

と私は短評を書いた。この評は、作者名が発表される前に書くことになつてをり、従つて作者の年齢も性別も不明のまま三十首の作品だけを材料として書いた感想である。「しろがね」三十首は、作者の性別が判りにくく、女性といふ印象は薄かつた。かと言つて男性だと思つたわけでもない。あるいは、十九世紀の世紀末のアール・ヌーヴォーやラファエル前派の絵画にひそむ両性具有（アンドロギュノス）的な世界に近いかもしれない。

ともあれ私は、かすかな風にも直ぐ傷つきさうな、内向的で繊細な魂の息づきを感じて、深くひか

れたのであつた。

右に挙げた第一首、「けもの」は具体的に何であらうか。満月の夜、何か獣のかたちをした生き物が横たはつてゐる。犬などを想起すればわかりやすいが、目を閉ぢた獣が、遥かな月から届く光線を、あたかも音楽を聴き澄ますやうに聴いてゐる光景は、静謐で美しく冷んやりしたイメージである。犬とも猫とも明示されない「けもの」は、作者自身の分身としてそこに横たはり、月光を聴いてゐるのである。

詳細に鑑賞する余裕はないが、第二首の時計の歌は、非在の物を透視する眼がとらへた、無機質な世界の、繊細でファンタジックな抒情詩である。

第三首「菜の花の……」、第四首「喉白く……」は、それぞれ性的なことが優美に詠み込まれてゐる。後者は、坂井修一の歌「水族館(アカリウム)にタカアシガニを見てゐしはいつか誰かの子を生む器(うつは)」を意識しての作だらう。

第五首、「刃」は鋏の類(たぐひ)だらうが、単に「刃」と言つてゐるので不気味である。夢幻(むげん)的な、否、夢幻そのものといつていい眩しい時空(じくう)が詠み取られてゐる。短評に書いた「淡い毒」といふ印象は、たとへばこの歌などから感じたのだと思ふ。ただ、毒といふ語は適切を欠くかもしれない。あのとき私は、日常的な感覚では知覚できない世界、それを言葉の力で開示(かいじ)し、読む者に一種の眩暈(げんうん)を起こさせる——そんな意味合ひで毒といふ語を使つたのだつた。

*

『びあんか』は、水原紫苑の初めての歌集であり、二十代の作品二五〇首を収めてゐる。右に触れた「しろがね」一連もむろん入つてゐるが、収録の際、多少の改作や削除がなされてゐる。他の一連へ繰入れられた歌もある。

歌集全体の作品配列は、制作順なのかどうか私にはよく判らない。判らなくても構はぬだらう。水原紫苑の歌は、実生活と直かに対応してゐないからである。

歌集はふつう制作順に歌を配列する。たとへば、一本の樹木が年月と共に枝を伸ばし葉を茂らせ、徐々に大きな木になるのと同様に、歌も作者の生活の変化や心の成熟とともに少しづつ変貌するから、その跡を辿りやすくするために制作順に並べるのである。

ところが、このやうな〈樹木〉型と異る在り方の歌人が、ごく少数だが存在する。たとへば葛原妙子やある頃までの山中智恵子、あるいは浜田到……。この人たちの歌は、いはば森の中に湧いてゐる泉である。樹木のやうに顕著に変化しない。それは成熟しないのではなく、成熟とは無縁の湧出なのである。水原紫苑もたぶんこの〈泉〉型の歌人だらう。『びあんか』の歌群を読みながら、さう思つた。

惹かれた歌を一部挙げてみる。

かぎろへば滝つ瀬やさしみづからを滝と知りつつ砕けゆくなり

風狂ふ桜の森にさくら無く花の眠りのしづかなる秋

坂下るわれと等しき速さにて追ひくる冬の月の目鼻や
球体に暫時宿りてあはれあはれ稚き神が毬をつくこゑ
殺してもしづかに堪ふる石たちの中へ中へと赤蜻蛉(あかあきつ)　ゆけ
方舟(はこぶね)のとほき世黒き蝙蝠傘(かうもり)の一人見つらむ雨の地球を
喉(のみど)ゆく葡萄のひとみ眺めしは神にあらざる黄昏(たそがれ)びとや
死者たちに窓は要らぬを夜の風と交はる卓の薔薇へ知らせよ
からまつの天に向かひて落ちゆけり神やはらかに梢(うれ)を引く朝

この現世を規定してゐる時間と空間の枠組(わくぐみ)を超え、作者は自由に大きな時間・空間を往き来してゐる。滝を眺めながらふと滝に同化したり、秋の桜の森に華麗な未生の花を思つたり、また月の目鼻を幻想したり、まさに自在に作者の魂は遊行(ゆぎやう)する。

「球体に……」の歌は、毬(まり)をついてゐる人間を消し去り、毬じたいに稚(をさな)き神が宿つて自(みづか)ら遊び興じてゐる、と歌つたメルヘン的作品である。「球体」といふ語が一首にシュルレアリスム風な雰囲気を与へてゐる。

「方舟……」の歌は、過去か未来か判然としない。それほど遠い時間へ出かけて行つた作者の魂が目撃した不思議な蝙蝠傘の男と、滅びに近い地球とが詠まれてゐる。

「からまつの……」は、天空の奈落へ落葉松の樹が墜落してゆく、といふ歌である。ゆつくりと歌を読み味はひたいが、もうスペースがない。右以外にもいい歌があるので引いておく。

桔梗(きちかう)に真向かふ父や母あらぬ昔もわれの父なるかなし
いにしへは鳥なりし空　胸あをく昼月つひに孵(かへ)らぬを抱(だ)く
沼沢は滅び去りしを駅頭に杳き水面(みなも)の愁ひたゆたふ
呻吟は水のごとしもひたひたと家(や)ぬちの壺のいづれにも満つ
美しき脚折るときに哲学は流れいでたり　却初馬より
にんにくと夕焼　創りたまへれば神の手うすく銀の毛そよぐ
顔おほふ花束持ちて来る者は水上(すいじやう)をゆくごとく歩めり
水浴ののちなる鳥がととのふる羽根のあはひにふと銀貨見ゆ
舗道(いしみち)に棲むたましひも秋となり馬なりし世の声ひびかする

この世の美、この世の謎に向けられた、尖鋭で柔かい眼差しがどの歌にも感じられる。
歌のつくりは端正である。韻律も乱れがなく、繊麗である。集中に「透明の伽藍のごとく楽章がその目に見ゆる青年を恋ふ」といふ歌があるけれど、水原紫苑の創り出す歌は〈透明伽藍〉とでも呼ぶべき夢幻的な美しさを具(そな)へてゐる。

＊

足拍子ひたに踏みをり生きかはり死にかはりわれとなるものを踏む

「扇・長月」といふ一連があつて、能のことが詠まれてゐる。能について私はよく知らないが、「舞ふ」といふ語が出てくるから、水原さん自身が仕舞（しまひ）などをやるのだらう。

舞ひながら、とん、とんと舞台を踏む。舞台の下から、とん、とんと反響（こだま）が返つてくる。舞台の裏側に、もう一人の自分がゐて、同じ足拍子で舞台を踏んでゐるのだ、その自分を私は踏んでゐる――といふ歌であらう。ふしぎな感覚である。

古代ギリシアに、對蹠人（たいせきじん）（アンティポドー）といふ考へ方があつた。大地の裏側に、自分と相似形の人間がゐて、蹠（あしうら）を合はせながら生きて動いてゐる、といふのである。

実像と等身大の虚像が反世界にゐる、すなはち異界に自分と同じもう一人の自分がゐる、といふ思ひが、水原紫苑の根本的な詩的思想なのではなからうか。その、もう一人の自分を探して、彼女の魂は遊行するのだ。

BIANCA（イタリア語）、意味は〝白の女〟だといふ。何か出典があるのだらうかと訊ねたら、特にないと水原さんは答へた。彼女は早稲田で仏文科にゐた人だから、こんな外国語がしぜんに出てくるのだらう。

〝白の女〟といふ言葉は、時間・空間の枠を超えて遊行する水原紫苑自身のまつさらの魂をイメージングしてゐるやうに思はれる。〈もう一人の私〉、それが〈本当の私〉かもしれない――この思ひが彼女の魂を飛翔させる。さうして、その魂が目撃した美しくて謎に満ちた時空が、すなはち『びあんか』の世界なのである。

機会詩、うそ、ことば―小島ゆかりの歌と散文―

小島さんは人柄が良く、その短歌も上質で美しくて品がある――と同時に、普段はお笑ひの好きな人である。彼女のゐるところ、笑ひのさざ波が絶えない。

私はテレビ人間なので、家にゐる時はほとんど付けつ放しで、見るともなく映像を見てゐる。近ごろ、若いお笑ひ芸人がよく出てくる。なんとなく〈爆笑問題〉や〈フットボールアワー〉などが好きだが、そんな話をすると小島さんはたちまち嬉しさうな顔で言ふ。

「うん、〈インパルス〉も面白いわね。〈アンジャッシュ〉も素敵だし、〈ロバート〉もカッコいいわ。〈まちゃまちゃ〉もユニークだし、〈アンガールズ〉も可愛い」

「よく知つてますねえ。テレビ見てるんだ」

「いいえ、ちよつと小耳に挟んだだけです」

「あの〈インパルス〉の片方のヤツは、珍しい苗字でしたね。確かツツミ……」

「ええ、太めの人が堤下さんで、相方のイケメンが板倉さんです」

小耳に挟む、なんてものではない。しつかりテレビを見てゐることが分かる。二人の娘さんがそれぞれ大学生と高校生だから、もしかすると彼女たちが見る番組を一緒に楽しんでゐるのかもしれない。しかし、それにしてもお笑ひが好きなことは明白である。今の芸人だけでなく、昔の漫才コンビ、たとへば〈ミスわかさ・島ひろし〉のことなどもちゃんと知つてゐるから、筋金入りのお笑ひファンなのである。

同人誌「棧橋」に、「遊歩道」と題する小島ゆかりの連載エッセイがある。十年ほど続いてゐる人気ページだ。毎回、自分や娘さんや知人にまつはるオモシロオカシイ話が出てくる。読むたびに抱腹絶倒、あまりに面白いので作り話ではないかと訊ねると、すべて実話だといふ。小島さんは、日ごろの生活の中で起きたちよつとドジな出来事を敏感にキャッチし、それを面白く語る豊かな才能を持つてゐる。

五年ほど前、小島さんは第五歌集『希望』で若山牧水賞を受賞した。そのとき私は「この世の広がり」と題して次のやうなお祝ひの文章を書いた。

「もう十数年の付き合いになるが、小島さんは小柄で可愛い人である。そして楽しい人である。彼女のいるところには、花のような明るさがあり、笑い声が絶えない。

それでいて、歌人小島ゆかりの眼は、この世の明と暗と奥行きを深く静かに見つめている。彼女の歌から、私たちは、たとえば二人のお子さんや近所の子供達や街角のポストや公園の木の実などにそそがれた優しい眼差しを感じると共に、雲や月や星や宇宙に向かって伸ばされた敏感な感覚のアンテナを感じることができる。近いものと遠いものの間を自由に往き来する彼女の歌は、この世

の不思議な広がりと、生きることの楽しさと物悲しさを柔らかく私たちに手渡す。」（『第五回若山牧水賞記録集』より）

このあと出た第六歌集『エトピリカ』や最新歌集『憂春』を読んでも、あまり歌風は変つてゐないやうに思ふ。一貫して彼女は自分の歌を作り続けてゐる。さうして作品の幅は少しづつ広がり、また深化を遂げてゐる。

さて、『憂春』の秀歌を挙げて鑑賞してみたいが、その前に小島さんの書いた散文を少し覗いておかう。

初心者のために書かれた『短歌入門—今日よりは明日』といふ本がある。全部で二十四章から成り、その中に、「不真面目のススメ」といふ章がある。この本は、どの章もユーモアを混じへた分かりやすい書き方になつてをり、読者は小島さんの繰りだす笑ひを楽しみながら短歌上達の道を進むことができる。

この章でも《真面目過ぎる「過ぎる」部分が駄目ならむ真面目自体（そのもの）はそれで佳しとして》（奥村晃作）といふ良く知られた作品の替へ歌を何首か作つて読者を笑ひで包んだあと、「つまり何が言いたいかというと、私の周辺のみならず、かなり全国的に、歌を作る人は真面目過ぎる、その過ぎる部分に問題があるのではないかと思う」といふふうに本論に入り、一般の作者たちに「不真面目」になることを奨める。

この世の事柄は、〈事実〉と〈真実〉から成つてゐる。より詳しくいへば、前者は〈現実的事実〉、後者は〈詩的真実〉である。真面目過ぎる人は、前者にだけ眼が行く。しかし良い歌を作るには後者に光を当てることが大切——といふのが「不真面目のススメ」の骨子である。写実一辺倒の人たちには納得できないことかもしれないが、この考へ方は文学の基盤である。小島さんは、わかりやすく実例を挙げて次のやうに添削して見せる。

A①ランドセル少しはみ出し春の朝たんぽぽ色の傘走りゆく（原作）
②ランドセル少しはみ出し雪の朝たんぽぽ色の傘走りゆく（添削例）
B①わが庭をくのいいちのごと行く猫のふと振り返り我と目が合ふ（原作）
②わが庭をくのいいちのごと行く猫のふと振り向きし碧（みどり）の眼（添削例）

《（Aの場合）事実は「春の朝」であったのだろう。春の朝だったからこそ、黄色の傘を「たんぽぽ色の傘」と表現したのだろう。それはわかる。が、それが正直すぎる。（中略）嘘でもいいからここは「雪の朝」とか「霜の朝」とか、むしろたんぽぽの季節とは違う、そしてたんぽぽの黄色がより鮮やかに浮かび上がるような表現にしたい。》

《（Bの場合）下句はやはり真面目過ぎる。原作の「ふと振り返り我と目が合ふ」という現実的事実からもう一歩、詩的な表現へ転換してほしい。この猫が実際に碧眼であったかどうか私は知らないが、大切なのは、目が合ったときの作者のどきっと怯むような感覚だ。ひそかなしめやかな雰囲気の上句

を受けて、もっとインパクトの強い映像にすることによって、作者の怯むような感覚はいっそうリアルになるはずである。》

添削の仕方が非常にうまい。そして添削の理由も明確に述べられてゐる。小島さんの奨める「不真面目」は、このやうに「嘘でもいいから」「インパクトの強い映像にする」ことである。これによつて、平凡な歌も優れた歌になる可能性を与へられる。ひるがへつて考へれば、小島さん自身が歌を作る時も、右のやうな意識が働いてゐると推測される。彼女の作歌工房の秘密を覗いたやうな気がする一節である。

もう一つ、「ぼんやりの効用」といふ章で、興味深いことが述べられてゐる。

《私たちはふだん、まず先に心があって、その心の動きに言葉を与えるとき歌ができると思いがちだけれど、本当にそうだろうか。》

歌ひたいことがあるから歌ふ——これはもつともらしい意見であるが、事はさう簡単ではない。実際に起きた出来事に反応して歌を作る人、いひかへれば歌を〈機会詩〉だと思ひ込んでゐる素朴な作者は別として、渾沌たる心の中を探らうとする作者にとつては、歌ひたいこと自体が判然としないのである。なかなか歌ができない時、あせつて目の前の些細なことを詠むより、ぼんやりして待つのがいい、と小島さんは言ふ。そして機会詩とは異質の歌を作るために、次のやうな考へを示す。

《やがてもう一つの方法、つまり、言葉の向こうに心を探ることを習得するのではないだろうか。》

これは、偶然出会つた言葉、あるいはアトランダムに脳裏に浮かんで来た言葉、さういつたものを手がかりにして、意識下の世界を歌ふ、といふ方法であらう。意識の深層には、隠された自分がひそんでゐる。それを、言葉を触媒としてあぶり出さうとするのである。そのやうにして生まれた歌も、小島さんの作品群の中に含まれてゐるに違ひない。

先の「嘘でもいいから」といふ考へと、この「言葉の向こうに心を探る」といふ考へは、別々のやうに見えて、じつは通底してゐる。どちらも、機会詩だけが短歌だとは限らない、といふ理念から生れてゐるのである。歌は主体的に〈創る〉ものなのだ。

さて、このあたりで『憂春』の歌に入つてゆくことにしよう。論ではなく鑑賞である。

梅サワー飲みてよろこぶ内臓の位置関係はくはしく知らず
走り来て赤信号で止まるとき時間だけ先に行つてしまへり
歳晩の鍋を囲みて男らは雄弁なれど猫舌である
今しがた落ちし椿を感じつつ落ちぬ椿のぢつと咲きをり
娘らを怒りしのちはしづしづとドイツの寡婦のやうに食事す
地上五センチを行くわれならんローン手続き書類いろいろ鞄にありて

これらはユーモアの漂ふ歌である。読んで直ぐ、思はず胸のあたりに、フフフといふ、声にならぬ笑ひが湧いてくる。第一歌集以後、歳月を経るに従つて、このたぐひの歌が少しづつ増えてゐるやうだ。歌人として心の余裕が出来て、しぜんにこのやうなユーモア短歌が生み出されるやうになつたのであらう。

ケータイでメール打つ子の親指は非常に早く動きけるかも

これは結城哀草果の作〈ぐんぐんと田打をしたれ顳顬は非常に早く動きけるかも〉の本歌取（あるいはパロディ）である。ケータイの小さなボタンを素早く打つ親指の動きと、田を打つ農夫の顳顬の早い動きを重ね合せたところに柔らかいユーモアがある。

出入りあるたびに瀬音のきこえくる玉堂美術館、足もとに風
あかつきのガスに点火すぽ・ぽ・ぽ・ぽと火の子神の子輪になつて踊る
若武者の白骨に似て丈高く百合の花咲けり無人の駅に
山とわれとあとさきに甲斐へ走りたり枯野をわたる特急〈あずさ〉
ああ雪、と誰か言ひたりわれにまだ雪の降り来ぬ外苑通り
くれなゐの牡丹ひそけし宝泉寺に靴ぬぎて地獄極楽図見る

これらは大まかにいへば機会詩、つまり何かの事象に触発されて詠まれた歌である。一首目「出入りある……」の歌は、奥多摩・青梅の雰囲気がよく出てゐる。二首目「あかつきの……」は童話ふうな歌で、小島さんの得意の領域である。以下、詳説する余裕はないが、それぞれ特色のある歌である。

豆飯を炊けばみどりのうすぐもり　籠もよ　み籠もち　木杓子持ちて

これも機会詩だらうが、本歌取の手法によつて重層的な味はひが生まれる。すなはち、籠を持つて野山で菜を摘む万葉の乙女と、木杓子を持つて豆ごはんを盛る平成の主婦、その二つの映像が重なり合ふところに、ユーモアな、えも言はれぬ興趣がある。

空爆の頭上恐怖よアフガンの子供の頭ぐらぐらとせり
一弾を以つて足る死を　いちめんにまんじゆしやげまんじゆしやげ燃えたり
秋のショールに肩つつまれて何をどう言ふともわれは難民ならず
石仏の頭飛び散るそのときの青底知れぬイスラムの空

中東のイスラム世界には紛争の火種が絶えないが、それにまつはる歌である。並の時事詠から一歩も二歩も抜け出た鋭さを持つてゐる。このほか、戦後日本の〈平和〉を詠んだ〈おびただしき亀の甲羅の乾きつつ戦なきことまだ五十年〉といふ歌も、意表をついた諧謔が光る。

銀杏ちるひと葉ひと葉の独楽まはりくるくると前世来世がまはる

六代目・三遊亭圓生の落語の一つに「水神」（原作・菊田一夫）がある。内容は、おこう（女鴉の化身）と杢蔵（屋根大工）の異類婚姻譚である。話の最後は、おこうの遺した黒い羽織をはおつて杢蔵が空高く舞ひ上がり、「おこう、おこう」と鳴く。落語とはいへ、笑ひを目的としない哀切味を帯びた人情話である。作者はその話を下敷きに「おこうと杢蔵」一連三十一首を詠んだ。右はその冒頭の歌。「くるくると前世来世がまはる」が、不吉な変身譚を予感させる。

「水神」は圓生が語つて四十分ほどの、やや長い話である。作者は物語の筋を忠実に追ひながら、をりをりに想像力を働かせて印象的なイメージを一連の中に織り込む。手堅さと想像力の豊かさが手を結んだ、エロチシズムの香りも秘めた、魅力的な連作である。全体として、異類婚を通してあらはれる男女の愛のひたむきさ、はかなさ、といつたものを追究してゐる。

ぎんがみを手はたたみつつ霜の夜をぎんがみのこゑ小さくなりぬ

霜の夜、銀紙を小さく畳んでゆくと、しだいに銀紙の声も遠く幽かになつてゆく。小品ながら不思議なシュールな味はひを秘めた歌である。

この町を愛しすぎたる人ならんバス停として今日も立ちをり

これは〈シュール＋ユーモア〉ともいふべき歌である。超現実主義はその名の通り現実を超越した、つまり秩序を意識的に無視した芸術表現だから、おのづからユーモアが生まれやすいのである。

風に飛ぶ帽子よここで待つことを伝へてよ杳き少女のわれに

あかねさすひるがほの駅　夏ごとに頤(おとがひ)ゆるぶわれが来て立つ

第一首、〈ここ〉〈今〉といふ時空にゐる作者が、〈遥かな場所〉〈遠い昔〉にゐる自分を待つてゐる。私はここで待つてゐるから、道に迷はずここまで来てね、と祈る。私のゐる場所から少女のゐる過去を指して風が吹き、帽子が飛んでゆく。不安と優しさが入り混じつた哀切な歌である。

第二首は、昼顔の花を「駅」に見立ててゐる。夏が来るたびに、作者はその駅に立ち寄る。一夏ごとに、少し年老いて頤の肉が緩む。はかなく美しい昼顔のイメージ、そこに、生きながらあらがひがたく老いに近づく命の哀しみをにじませた秀歌である。

右の二首、いづれもシュールな歌である。ともに「嘘でもいいから」「言葉で心を探る」といつた意識的方法で作られた歌かもしれないが、しかしその痕跡はみぢんも残さない。だからこそ優れた歌なのである。

自問と自答のはざま―坂井修一の歌―

坂井修一の歌は難しいところがある。初期のころからさうだつた。だが、人を煙に巻かうとするやうな難しさとは違ふ。韜晦は彼の得意とするところではない。いはば思考の回路が通常の人とは異なつてゐるのである。幸ひ、最近の歌はやや分かりやすくなつたやうだ。

その歌には重さがある。たつぷりと精神の働きが加はつた重さだ。わざと些細なことにこだはつて人を面白がらせるやうなことはしない。いはば戦車のやうに真直ぐに進んでゆく。ゆつたり進む優雅な戦車だ。以下、具体的に作品を挙げて感想を述べるが、この文章はあくまでも論ではなく鑑賞であり、歌集『牧神』讃である。

1　思想のうた

私はどう生きるべきか、また人類はどうあるべきか。さういつた大きなテーマについての思索の跡が、歌の形で現れ、集中にしばしば出てくる。

鳴きのぼるひばりの空よわれも見む「情ふかき工学」とふ神のまぼろし

空高く昇つたひばりは、そこから人間が感知できないものを見てゐる。そのやうに自分も高みに昇つて神のまぼろしを見たい、「情ふかき工学」といふ名のまぼろしを、といふ歌である。工学は情うすきもの、といふ常識をくつがへしたい、との願望をうたつてゐる作である。

歴史すなはち累代の恥といひし友よ日の照りくれば墓がかがやく

若死(わかじに)した友を詠んでゐる。歴史とは累代の人間たちの「恥」の積み重ねだ、と彼は言つてゐた。作者はその言葉に共感するところがあつた。さう、歴史は人間の過ちの累積かもしれない、と。ペシミスティックな考へであるが、墓の輝きがその考へを鋭く突き付けてくるのである。

ナチュラリストを善といひ工学を悪といふこの単純に世はかたぶかむ

自然を大切に、といふ主張は文句のつけようがない。すると工学は分が悪くなる。自然でないものを作り出す学問だからである。だけど工学も人類のために貢献しようとしてゐるのだ、といふ言葉が作者の喉まで出かかつてゐるのだが、今の「世」はそんな言葉を受け入れようとしない。ある人々から「善」とされない道を進む者の孤独感をにじませた歌である。

動物園その奥ふかく鏡あり「最悪の獣」ほほゑみてゐつ

猛獣や猛禽のゐる動物園に来て、さまざまな動物たちを眺めながら歩いてゆくと、奥の方に鏡があつてヒトが映つてゐる。この世で最も恐ろしいのはヒトといふ獣だ、彼らが地球を滅ぼす、といふ思ひを述べてゐる。

流浪こそ永遠を見るよすがなれ明治日本をハーンは生きき

一所定住といふ生き方は、生活は安定するけれども、この世を巨視的に見ることは困難になる。小泉八雲すなはちラフカディオ・ハーンはギリシアに生まれ、イギリスとフランスで教育を受け、アメリカに渡り、そして日本に来た。その生涯を思へば、流浪してこそ永遠を見る視点が与へられるのだ、と作者はうたふ。自省の気持ちがあつて詠まれた作だらう。

2　教育現場のうた

坂井修一は東大工学部で学生たちを教へてゐる。大学の教師は、研究者であり、また教育者であるといふ両面をもつてゐる。研究者としての思ひは、前述の「思想のうた」に詠まれてゐる。それと同時に、教育者としての歌も数多くあつて、東大の現場風景を伝へてくれる。これがなかなか面白い。

教官室ものおもふわれの扉をたたきナガスネビコが「単位ください」

不合格になりさうな危ない学生が、ふいに来て「単位ください」と直訴する。体は長髄彦のやうに長身だが、まるで子供である。無理だよ君、と作者は宣告したかもしれない。あるいは、ひよろりと伸びた長身を見て苦笑いしながら、まあ呉れてやるか、と内心で思つたかもしれない。先進的に幼児化しつつある学生を描いて、ユーモアを漂はせる作。これとは別に「バイトすな卒論がやばくなつてるぞまひる携帯電話に声あららげぬ」といふ歌もある。

「日本救ふ技術」いへども最前列、二列、三列は留学生が占む

ニッポンに便利あふれて快適はどこにもあらず　インドびといふ

アジア系の英語かたみに直しあひ留学生よ声に張りあり

これらの歌は、まことに簡潔的確に教育の現場を描き出してゐる。一首目、せつかく日本を救ふ技術について語つても、熱心に授業を聞いてゐるのは日本人でなく留学生だといふことが浮かび上がつてくる。二首目、便利あふれて快適なし、といふインド人の言葉はおのづから日本文明の弱点を衝いてゐる。三首目は留学生たちの活力が伝はつてくる。

胡桃パンむさぼる窓べ官吏にも町人にもなれず柳そよげり

窓の外で揺れる柳を見つつ、役人でもなく民間サラリーマンでもない中間的な人間の悲しさを思つてゐる。国立大学の教授として生きる日々の浮遊感を、柳に仮託してうたつた自画像である。

「電子情報学特別講義」終へしわれ生協食堂に麦飯をくふ

かたい内容の講義を終へ、ほつと麦飯でくつろいでゐる。勤めの一場面を描いたスケッチふうの作品。

「修ちゃん」とわれよぶ学生「修ちゃん」は夜すがらきみの論文を直す

あまり出来のよくない論文を添削してゐるのである。作者はあきれ果てて、もう怒ることも忘れてゐるといふ感じがあつて、笑ひを誘はれる歌。

計算機あまたざわめく無窓室しろがねの空気対流なせり

工学系の研究室、あるいは実験室を描いた作。このやうな無気質な場に出入りしながら、作者は「情ふかき工学」を作り出さうと願つてゐるのである。

3　社会詠

現代社会の一面に触れて思ひを述べたものや、世界の出来事に触発されて批判を加へた時事詠が折々にある。それらにも見るべき歌が多い。

女時どつと来しにつぽんよいたづらに急くな嘆くな電網歌人

女時は「めどき」と読む。長びく経済不況その他で日本の社会は軋みを立ててゐる。そんな状況を背景に、若い人々はインターネットで手軽に短歌をもてあそんでゐるよ、と現代社会の一面を諷刺した歌である。

パソコンゆパソコンへ渡るをとめらよ　光速に飛ぶ百万のはだか

下句は他人から覗かれる形で言葉が電波に乗つて飛び交ふ危ふさを言つてゐる。同時に、言葉の価値がどんどん軽くなつてゆく現代の状況も暗示してゐる。

かりがねは雨中の大悲知るべしとホームレスいへりあらくさの中

大悲とは、衆生を苦しみから救ふ仏の大きな慈悲、といふほどの意味。雁が空を渡つてゆくのを見ながら、ホームレスの男が「あいつらは天の恵みといふものを知つとるから、ああして飛んでゆくのさ」などと呟いてゐる場面だらうか。あたりは茫々の雑草。ふしぎな歌であるが、ホームレスの言葉を通して、作者は、宇宙の摂理に従ふ生き物たちの尊さを思つてゐるのであらう。

うすあをきビニールの庵(いほり)大小の差異こそあはれ隅田川ながし

隅田川沿ひに並ぶ大小さまざまなビニールのテント、すなはちホームレスたちの住み家を詠む。「庵」と言つてゐるから、作者は彼らを一切放下の隠遁者として見てゐるのだ。「大小の差異こそあはれ」の表現に、親しみの気持ちがこめられてゐる。

　門前にホームレスおらぶ「おまへたち、日本をこんなにしたおまへたち」

こんどは東大の門前で叫ぶホームレスの男を描く。一流大学を出た秀才たちが社会の最上層にゐて日本を動かす。トウダイよ、日本を駄目にしたのはお前たちだ。ぼろぼろの俺たちを作り出したのはお前たちだ、と男が叫ぶ。いささか罪深い思ひで作者はその声を聴いてゐるのだらう。ホームレスは作者の心に粗いヤスリをかけてくれる。それゆゑに作者は彼らが好きなのだ。

　人形と天のあひだに立ちうかびビンラディン、ブッシュ冬を閃かす
　荒野(あらの)ゆくコーランの群れ　みそらとぶバイブルの群れは花をたまひぬ

二〇〇一年初冬のアフガン空爆を詠んだ連作から二首引いた。
一首目には、『ルバイヤート』の「われらは人形で人形使いは天さ」といふ詩句が前書として置かれてゐる。「人形と天のあひだ」とは「民衆と神のあひだ」の意である。ビンラディンもブッシュも中ぞらから民衆を操つてゐる、と作者は見てゐるのだ。「閃かす」は爆撃の閃光をいふ。冷徹な指導者への批判をこめた作である。
二首目は、アフガンの荒野を行くイスラムの人々に、上空からキリスト教徒たち（すなはち欧米の兵士たち）が爆弾の花を与へた、とうたつてゐる。強烈な諷刺である。

さらに次のやうな歌がつづく。

枕絵と死のみひとしくあたへらるタリバン兵にアメリカ兵に

国籍を問はず、けつきよく兵士たちに与へられるのは、むなしい性の妄想と、そして死だけ。この歌は、戦場の兵士たちに寄り添ふやうにして詠まれてゐる。

4　家族のうた

さほど多くはないが、家族を詠んだ作品が見える。家族といつても妻と子供のごく限られた範囲である。

吉田山さくらの苑に妻待つはゆつたりとふかくわれをなだめつ

時は春、所は京都。桜の苑で妻が待つてゐる。その姿を遠くから見ながら、心が癒されたのである。妻へのやはらかな愛情が感じられる歌だ。

人参のつぼみのなかのしろき花ほのぼのと子は黙しつづけぬ

私はまだ人参の花を見たことがないが、開花のころ、こんなふうに蕾の中に花びらがひそんでゐるのであらう。自我が芽生えて寡黙になつた子供の様子を、その可憐な白い小花のイメージあらはしてゐる。

少年は少女に曳かれかへらざり蟬時雨とほく透きとほる午後

恋を知りはじめた少年（たぶんわが子であらう）が描かれてゐる。遠い蟬時雨のあたりまで二人は行つてしまつたらしい。ちよつと心配だが、彼らには彼らの時間と空間があるのだ、と作者は思つてゐるのだらう。

ことのはの葉裏にそつと棲みふるとひとりとひとり十五年経ぬ

水晶婚、すなはち結婚十五年を迎へての作。歌人としてお互ひに「言の葉」の裏にひつそりと棲み分けてゐるやうな日々だ、と感慨を述べてゐる。物静かな自祝の歌、といふ印象である。

5　終りに

この歌集には、思考回路の特異さを思はせる「杭のあたまかんかんと打つをとこあり空に落ちゆくをとこのあたま」「時告げのぽつぽよぽつぽ高鳴けど六月は雲も錆びてゐるなり」「噴水の水のいただきまろまろと下り（くだ）つぐ　地はさびしさの黒」といふやうな奇想の歌があるが、もう触れるスペースがない。

前出の「情ふかき」とは、ある人の行為が他の人の生命や精神を脅かさない状態を言ふのだらう。

それを実現するにはどうすればいいか、といふ問を自らに課して、坂井修一は自問自答する。その自問と自答のあひだに吹き起こる、苦渋を含んだ、しかし豊かな風が『牧神』の歌群であるやうな気がする。

【初出一覧】

Ⅰ部

子規の自然観と趣向　「国文学」平成16年3月
牧水の魅力を読む　「宮崎日日新聞」平成9年1月29日〜2月2日
牧水短歌、折ふしの翳り　「短歌」平成17年8月
五十代の茂吉─二本の緋色の糸─　「国文学」平成5年1月
暈かされた歌の魅力─迢空と茂吉─　「歌壇」平成5年1月

Ⅱ部

ミラクル・ポエム─戦前の前川佐美雄─　「歌壇」平成2年7月
箇条書き佐太郎論　「短歌」平成13年12月
励ましの文学─宮柊二の歌世界─　「短歌」平成24年10月
対照的な二歌人─葛原妙子と安永蕗子─　「短歌研究」平成2年6月
黄色の悲(わうじき)─馬場あき子論─　「短歌」平成11年12月
虚言のひかり─寺山修司の歌─　「雁」24号（平成4年10月）

凶器を見つめる寺山修司　「国文学」平成6年2月
火も人も時間を抱く―佐佐木幸綱の歌―　『佐佐木幸綱の世界』第2巻解説、平成10年7月

Ⅲ部

人間存在と相聞歌―歌人・河野裕子の出発―　歌集『森のやうに獣のやうに』解説、昭和52年7月
河野裕子の文体と語彙　「短歌」平成24年8月
重力に抗して―歌人・小池光の出発―　歌集『バルサの翼』解説、昭和53年11月
女の三体―歌人・栗木京子の出発―　歌集『水惑星』解説、昭和58年10月
もう一人の、本当の〈私〉―歌人・水原紫苑の出発―　歌集『びあんか』解説、平成元年5月
機会詩、うそ、ことば―小島ゆかりの歌と散文―　「短歌」平成18年3月
自問と自答のはざま―坂井修一の歌―　「かりん」平成15年1月

あとがき

　機会があつて書いてきた歌人論のたぐひがだいぶ溜まつたので、友人の津金規雄氏にそれらの文章を取捨選択して一冊分の分量になるやうに編集してもらつたのがこの本である。

　ここに収められた文章は、全て旧仮名遣ひで書いたものなので、そのまま載せた。私は平成二十年代の半ば頃まで、短歌だけでなく散文もこのやうに旧仮名遣ひで書いてゐた。旧仮名の持つ歴史的な香りが好きだつたからである。（ただし、昭和を過ぎて平成になつてから短歌界に「散文を旧仮名遣ひで書く人」が極めて少なくなり、そのため旧仮名が目立つやうになつてしまつた。私は余り目立つのが好きではないので、旧仮名遣ひを止めた。）

　本のタイトルは自分で考へた。優れた歌人たちのそれぞれの歌の特徴や魅力について書いたものが多いので、このやうなタイトルを付けた。〈わが意中の歌人たち〉はこの他にもたくさんゐるので、いづれ続編を出したいと思つてゐる。

この本を編集してくれた津金規雄氏と、出版を手がけてくれた影山一男氏、お二人に感謝の意を捧げたい。

二〇二三年十二月

高野公彦

コスモス叢書第一二三五篇
評論集　歌の魅力の源泉を汲む―わが意中の歌人たち―
二〇二四年三月一〇日発行
著　者　高野公彦
定　価　二八〇〇円（税別）
発行者　影山一男
発行所　柊書房
〒一〇一‐〇〇五一
東京都千代田区神田神保町一‐四二‐一二　村上ビル
電話　〇三‐三二九一‐六五四八
印刷所　日本ハイコム㈱
製本所　㈱ブロケード

ISBN978-4-89975-441-1